AF237011

Schatten
Der
Vergangenheit

Rena Brauné

Rena Brauné:
Schatten der Vergangenheit.

Autoren-Kontakt: Renabrauné@mail.de

Die Geschichte mit ihren Personen, Namen, Handlungen, und Ereignissen sind frei erdacht. Ähnlichkeiten mit der Wirklichkeit sind zufällig und unbeabsichtigt.

© 2020
Herstellung und Verlag: BoD – Books on Demand, Norderstedt
ISBN: 978-3-7526-0744-4

INHALT

Danke

Jedes Buch zu schreiben ist ein Erlebnis für mich. Ich kann nur immer wieder Danke sagen, an alle die mich begleiten und mir gute Ratschläge geben. Ohne diese Hilfe wäre ich oft total aufgeschmissen. Mein besonderer Dank geht an Dieter, mein Coverheld.

Rena Brauné

Erlebnisse kommen zurück.

Sie tat es schon wieder. Ludwig hasste sie dafür. Im Treppenhaus der Firma hatte sie ihn abgefangen. Er stand mit dem Rücken an der Wand. Maren stupste ihn, bei jedem Wort, immer auf dieselbe Stelle rechts unter seinem Schlüsselbein. Ludwig holte tief Luft und versuchte die Schmerzen weg zu atmen. Links konnte er nicht entkommen, da war die Wand. Maren stand direkt vor ihm, sie hatte mit ihren High Heels die gleiche Höhe wie Ludwig. Sie war ungefähr zwanzig Zentimeter von ihm entfernt. Nur zur rechten Seite gab es eine kleine Möglichkeit zu entwischen. Aber da müsste er sehr schnell sein und verdammt aufpassen. Nach zwei Schritten begann die Treppe und Ludwig wusste, dass er nicht der Schnellste war, dafür schleppte er zu viele Kilos mit sich herum. So musste er es still und stumm aushalten, bis sie sich wieder beruhigte.

„Glaubst du, ich weiß nicht, was in deinem Kopf vor sich geht?" Stups, stups…

„Ich kann deine Gedanken lesen. Außerdem verraten dich deine Glubschaugen. Du kannst es nicht verkraften, dass ich deine Chefin bin. Die kleine dicke Maren von früher, ist jetzt deine Vorgesetzte und du musst nach ihrer Pfeife tanzen. Das denkst du doch? Habe ich recht? Aber, Maren ist jetzt schlank und schön und du bist immer noch dick. Und keine Mami mehr, hinter der du dich verkriechen kannst."

Ein weiterer Stups folgte. „Auch wenn du beim Hebemann gewonnen hast, bleibst du doch ein Nichts. Ich warne dich,

dich mit mir anzulegen, und solltest du irgend-
etwas von uns erzählen und sei es nur, den
Namen unseres Dorfes erwähnen, bist du
schneller auf der Straße, als du denken
kannst. Ich zertrete dich, du Wanze."
Ein weiterer, noch stärkerer Stups folgte. Wie
zur Bekräftigung hob sie ihren Fuß, mit den
schicken spitzen Pumps, und drehte die
imaginäre Wanze platt. Mit der flachen Hand
gab sie ihm einen kleinen Klaps auf seine
Wange und zischte ihm zu: „Du weißt also
Bescheid."
Ludwig hatte die ganze Zeit nur flach geatmet.
Jetzt ließ er mit einem Seufzer die Luft raus
und atmete tief ein. Er hoffte, dass es wie bei
den früheren Begegnungen mit Maren war,
dass sie sich jetzt abreagiert hatte. Jetzt
konnte alles wieder den normalen Gang
gehen.
„Ja Maren", stotterte er, „du kannst dich darauf

verlassen, kein Wort von mir. Es bleibt unser Geheimnis." Für das Wort Geheimnis brauchte er doppelt so lange. Weil er immer stotterte, wenn er aufgeregt war.

„Na siehst du, war doch gar nicht so schwer." Maren drehte sich um und lief leichtfüßig die Treppe herunter.

Ludwig lehnte sich an die Wand und holte wiederholt tief Luft. Langsam beruhigte er sich. Er trocknete sich den Schweiß von der Stirn und schimpfte innerlich mit sich. Warum stottere ich bloß immer bei Maren? Ich stottere sonst nie, auch nicht bei den Kollegen. Ich bin kompetent und beliebt. Die Kollegen zogen ihn schon auf. Dabei musste Maren keine Angst haben. Ludwig würde nie, niemals etwas über Maren und das Dorf erzählen. Denn auch er hatte ein Geheimnis zu bewahren.

Ludwig setzte sich auf die oberste Stufe und

überlegte. Was könnte er tun, damit Maren ihm glaubte und sie sich nicht vor ihm fürchtete? Er hatte die Angst in ihren Augen gesehen. Sie musste doch wissen, dass er sie liebte. Schon seit Kindertagen war er in sie verliebt. Oft war er wie ein Hündchen hinter ihr hergeschlichen und hatte auf sie aufgepasst. Sie beide kamen aus demselben Dorf.

Alles, was ihn antrieb und er erreicht hatte, war immer mit dem Gedanken an Maren verbunden. Oft hatte er sich gefragt, wie würde Maren reagieren, wenn sie wüsste, was er machte.

Letztes Jahr war er der Hebemann für das Dorf und sie hatten den ersten Platz gemacht. Er hatte es nur mit den Gedanken an Maren ausgehalten. Wenn die Menschen auf ihn hinaufkletterten und er sie über eine Zeitspanne ruhig tragen konnte, ließ ihn der Gedanke an Maren durchhalten.

„Sei stark für mich", meinte er zu vernehmen.

Für ein Jahr war er der Mittelpunkt im Dorf. Die Gruppe wurde überall hin eingeladen. Ludwig fühlte sich endlich angekommen in seinem Dorf. Dafür hatte er lange trainiert. Nur langsam waren die in den Jahren angefutterten Pfunde Kraft und Muskeln gewichen. Keiner hatte es mitbekommen. Er trug weiter seine Übergrößen. Nur in den Gürtel hatte er einige zusätzliche Löcher gemacht. Seit Maren seine Chefin war, hatte er noch einmal zehn Kilo abgenommen. Langsam war es Zeit, sich neue Kleidung zu kaufen. Er wollte wieder der schlanke Beschützer für Maren sein. Er liebte sie abgöttisch und hatte sie in den letzten Jahren glorifiziert. In seinem Inneren wusste er, dass sie ihn nicht liebte, ihn wahrscheinlich sogar verabscheute. Als Maren die Medaille vom Hebemann an seinem Schreibtisch sah, hatte sie ihm verächtlich zu gezischt: „Wie widerlich."

Ludwig hatte gleich nach seinem Abitur bei der Versicherung in Bremen angefangen. Vor drei Jahren wechselte er in die Hauptstelle nach Hamburg. Sein damaliger Chef aus Bremen hatte ihn lobend empfohlen. Sehr zuverlässig, hat ein gutes Einfühlungsvermögen, kann gut Menschen leiten und behält auch bei Turbulenzen den Überblick. Nach einigen Seminaren sollte er Filialleiter werden. Er merkte schnell, dass Bremen eine Kleinstadt gegenüber Hamburg ist. Auf den Seminaren wurden sie getrimmt, wie sie das Letzte aus dem Kunden herausholen konnten. Das sollte er als Abteilungsleiter an seine Untergebenen mit aller Macht weitergeben. Aber Ludwig war nicht der Machtmensch, den es dafür braucht. Er entschied sich, nicht die Karriereleiter hochzuklettern. Keiner konnte ihn so recht verstehen.

Er war ein so netter und hilfsbereiter Kollege. Er würde bestimmt ein angenehmer Chef sein. Aber Ludwig wusste, er könnte die Menschen nicht so führen, wie es die oberste Etage verlangte.

Dann kam vor drei Monaten Maren und wurde seine Vorgesetzte. Sie hatten sich gleich erkannt, aber sich das nicht anmerken lassen. Ludwig hatte gleich gemerkt, dass Maren das nicht recht gewesen wäre.

Viele Jahre hatten sie sich nicht gesehen. Maren hatte sich stark verändert. Sie war jetzt schlank, chic in Schale und ehrgeizig. Sie bewahrte einen strengen Abstand zu ihrem Privaten. Keiner wusste etwas über sie, nur dass sie unverheiratet war und keine Kinder hat. Den meisten Männern war sie zu diszipliniert und ehrgeizig. „Die isst ja nur Joghurt und Salat", munkelten die Kollegen.

Ja, Maren achtete streng auf ihre Linie, denn

als junges Mädchen war auch sie dick. Genau wie Ludwig. Bei beiden begann das Frustfressen nach einem entsetzlichen Ereignis in der Jugend. Sie hatten nie darüber gesprochen. So zog es unweigerlich schreckliche Ereignisse nach sich. Sie wurden beide zu Außenseitern und viel verspottet. Maren versuchte, das zu ignorieren, aber beiden war es nicht gelungen.

Ludwig kam zu dem Entschluss, Maren und er mussten sich endlich aussprechen. Sie sollten ihren Schwur erneuern, den sie sich als Jugendliche gegeben hatten. Dann könnten sie beide in Ruhe weiterleben. So konnte es nicht weitergehen. Er schickte ihr eine SMS, dass sie sich treffen müssten. Er würde gern den Schwur von damals an dem gleichen Ort erneuern. Maren würde wissen, welchen Ort er meinte. Ludwig wollte, dass sie sich sicher fühlte, denn am Samstag war im Dorf der

Feuerwehrball. Keiner würde sich dann im Moor herumtreiben. Sie mussten keinen Lauscher fürchten. Sie wären ganz allein.

Jahrelang hatte er nicht gewusst, wo sie lebte. Oft hatte er an sie gedacht und sich gefragt, was sie wohl machte, wie und wo sie lebte und ob er sie noch einmal wiedersehen würde? Die gesamte Familie war damals weggezogen und keiner wusste wohin.

Marens Familie

Die Eltern von Maren waren Angestellte auf dem größten Hof in der Umgebung. Der Bauer und seine Frau waren noch jung, noch keine vierzig Jahre. Die Eltern vom Bauern hatten ihrem Sohn den Hof vor einigen Jahren übergeben. Die hatten gerackert und geschuftet und mit viel Geschick den Hof durch Zukauf von Land vergrößert. Der Sohn hatte studiert und führte den Hof in die neue Zeit, die Bio und Nachhaltigkeit hieß. Die Altbauern hatten sich ganz zurückgezogen und lebten die meiste Zeit in Spanien. Marens Eltern, Eugen und Hedi hatten schon beim alten Bauern gearbeitet. Sie waren nicht viel älter als der Jungbauer. Außer Maren hatten sie noch zwei Söhne. Maren war die Jüngste und zwölf Jahre alt, als ihre Welt sich total veränderte.

Marens Vater, Eugen, war Landarbeiter.
Früher hätte man Knecht gesagt. Trotz seines
Handicaps, er war taub, war er der Spezialist
für Maschinen. Er kannte jeden Traktor in- und
auswendig. Sogar die neusten computer-
gesteuerten Traktoren hatte er in kürzester
Zeit im Griff und fuhr sie mit schlafwandle-
rischer Sicherheit. Er spürte jedes Wehweh-
chen schon vorher und ließ es nie so weit
kommen, dass die Maschine streikte. Nach
getaner Arbeit bedankte er sich beim Traktor
und tätschelte ihn. Es war ein Ritual
geworden, dass sogar der Bauer mitmachte.
Eugen war vielseitig interessiert und hatte als
erster im Dorf einen Computer. Das erleich-
terte vieles, denn er konnte in den Computer
schreiben, was er sagen wollte, und dann
wurde es vorgelesen. In der Stadt hätte er es
leichter gehabt.
Trotz allen war er ein zufriedener in sich

ruhender Mann. Er liebte seine Frau Hedwig, von allen nur Hedi genannt, und seine Kinder.

Hedi, Marens Mutter war die gute Seele auf dem Hof und führte mit der jungen Bäuerin Kirsten den Hofladen. Außerdem war sie Köchin, Haushälterin und Krankenschwester. Sie kannte alle Kunden im Laden. Für jeden hatte sie einen Scherz und ein Lächeln. Kirsten und Hedi waren gut aufeinander eingespielt. Sie waren wie Freundinnen. Nur zwei Jahre Altersunterschied.

Sie sangen zusammen im Chor und halfen in der Gemeinde bei Festlichkeiten. Hedis Kinder gingen im Haus des Bauern ein und aus. Der Bauer und seine Frau freuten sich. Vor allen Maren hatte es der Bäuerin angetan.

Oft sagte sie zu ihr: „Du bist für mich wie eine Tochter. Ich war bei deiner Geburt dabei." Manchmal wandte sie sich dann schnell ab, um sich eine kleine Träne aus den Augen zu wischen.

Kirsten und Horst waren seit fünfzehn Jahren verheiratet und wünschten sich selbst Kinder. Immer hatten sie sich vorgestellt, dass eine große Kinderschar den Hof mit Lachen und Spielen bevölkern würde. Kirsten selbst war Einzelkind. Ihr Mann hatte noch zwei Schwestern. Die eine lebte in Hamburg, die andere in Süddeutschland. Beide hatten je drei Kinder. Die Sommerferien verbrachten sie meistens auf dem Hof. Dann war Kirsten in ihrem Element. Überall wuselten die Kinder herum und sie veranstalteten Picknicks.

Jeder Abschied nach dem Sommerurlaub drückte Kirsten mehr zu Boden. Es schmerzte sie, dass sie keine Kinder hatten. Zweimal war sie schon schwanger gewesen, aber konnte das Kind nicht austragen.

So blieben ihr als Trost Maren und ihre Brüder

als kleine Ersatzfamilie. Sie verwöhnte sie, war aber gleichzeitig auch streng. Aber die Kinder gehorchten bei ihr besser als bei den Eltern.

Vier Wochen nach den Sommerferien merkte Kirsten, sie war wieder schwanger. Sie hatte schon die Hoffnung aufgegeben. Voller Freude teilte sie Horst die Neuigkeit mit. Der hätte sie am liebsten sofort in Watte gepackt. Er war der Meinung, sie hätte bei den früheren Schwangerschaften zu viel gearbeitet. Dieses Mal sollte sie sich nur schonen und auf das Baby konzentrieren. Kirsten war überzeugt, dass dieses Mal alles gut gehen würde.

Sie sagte zu Hedi: „Es fühlt sich völlig anders an. Ich fühle eine große Ruhe und Sicherheit. Ich weiß es wird ein Mädchen. Wir werden sie Christina nennen. So sollte schon meine erste Tochter heißen. Nun werden wir doch noch eine richtige Familie. Ich weiß, dass Horst sich immer Kinder gewünscht hat."

Hedi nahm Kirsten in die Arme. Sie freute sich mit ihr. „Wichtig ist, dass ihr beide euch habt. Eure Liebe ist so stark. Aber du solltest dich wirklich schonen, da hat Horst recht."
Die Schwangerschaft verlief tatsächlich anders als die vorherigen. Kirsten hatte nur am Anfang Probleme mit Übelkeit, was ihrer guten Laune keinen Abbruch tat. Sie strahlte eine innere Schönheit aus, die alle erstaunte. Das Kinderzimmer wurde voller Liebe hergerichtet. Nachdem die Zeit der Übelkeit vorbei war, hörte man sie den ganzen Tag singen. Zur Weihnachtszeit bastelten alle zusammen Christbaumschmuck. Abwechselnd lasen sie Geschichten vor. Die Brüder von Maren fühlten sich schon zu alt dafür, mit vierzehn und sechzehn Jahren. Aber bei der Weihnachtsbäckerei halfen sie gern.
Denn danach wurde sofort probiert, ob man

die Kekse auch essen könnte.

Kirsten strahlte und leuchtete, wie nur werdende Mütter es können. Ein um das andere Mal sagte sie: „Nächstes Jahr feiern wir mit der kleinen Christina. Ihr werdet sehen, es wird ein wunderschönes Kind. Ich weiß das."

Hedi spürte jedes Mal eine kalte Hand am Rücken, wenn sie das sagte. Aber sie sagte nie ein Widerwort, sie wollte Kirsten nicht beunruhigen. Alles wird gut, sagte sie sich.

Zum Weihnachtsfest kamen nur die Eltern vom Bauern. Hedi, Eugen und die Kinder feierten dieses Mal allein. Horst hatte alle anderen gebeten, nicht zukommen. Die Aufregung wäre für Kirsten zu viel. Seine Eltern würden nach dem Fest erst die Tochter in Hamburg und danach die Tochter in Süddeutschland besuchen. So wurde es ein stilles, feierliches Fest und Kirsten wurde von allen verwöhnt. Wieder und wieder beteuerte sie, wie gut es ihr gehe. Alle konnten es sehen, sie schien zu schweben mit ihrem dicken Bauch.

Nur manchmal war sie vollkommen abwesend und horchte in sich hinein. Sie sang leise Schlaflieder und streichelte ihren Bauch.

Wenn ihr Mann neben ihr saß, legte er seine Hand auf den Bauch und er konnte fühlen, wie das Kind trat. Kirsten und ihr Mann fühlten sich wie in einer Blase. Ihnen konnte nichts passieren, dachten sie.

Der Januar, der Februar und der März vergingen ohne Probleme. Mitte April sollte die Geburt sein. Ein Osterkind, freute sich die Familie. Kirsten sagte jedem, der es hören wollte, es ginge ihr gut.

Aber Hedi machte sich Sorgen. Sie sah, wie schwer Kirsten die Schwangerschaft mitnahm. Oft hatte sie Atemnot und ihr war schwindelig.

Deswegen ging Hedi jeden Tag mit ihr langsam auf dem Hof spazieren. Sie massierte ihr den Rücken und die Füße. Sie tat alles, damit Kirsten es etwas leichter hatte. Alle warteten gespannt auf die Geburt. Anfang April wirkte Kirsten apathisch und weinte oft.

Horst ließ den Arzt kommen. Nach der Untersuchung machte der ein bedenkliches Gesicht. „Ihre Frau muss sofort ins Krankenhaus. Die Herztöne vom Kind sind sehr schwach. Wir müssen die Wehen einleiten. Es wäre zu gefährlich zu warten, für beide."

Kirstens Zustand verschlechterte sich von Minute zu Minute. Das Baby mussten sie dann mit Kaiserschnitt holen. Nach der Geburt weinten die beiden vor Glück. Es war ein Mädchen, wie Kirsten gesagt hatte. Das Baby war schwach, aber alle waren davon überzeugt, sie schafft das. Auch der Arzt war optimistisch. Gleich nach der Geburt hatte der

Arzt gesagt, eine weitere Schwangerschaft wäre zu gefährlich. Es könnte den Tod von Kirsten bedeuten. Wahrscheinlich eine Genveränderung, die ein Austragen eines Embryos verhindere. Es sei ein großes Glück, das es noch gut gegangen ist.

Umso größer war der Schock. Nur zwei Tage hat der kleine Engel gelebt. Selbst der Arzt konnte es nicht fassen. Er wollte nach der kleinen Feier in der Krankenhauskapelle noch eine Erklärung abgeben, aber Horst schob ihn einfach beiseite.

Er wollte ebenso wie Kirsten keinen bei der Trauerfeier dabeihaben. Kirsten zog dem Kind das Taufkleid an, dass es seit Generationen in der Familie gab. Die Trauerfeier war für sie auch ein Abschied von ihrem Kinderwunsch. Nach der Bestattung war Kirsten zusammengebrochen. Mit lauter überkippender Stimme schrie sie Hedi an: „Ich will deine Gören nicht mehr auf dem Hof sehen. Pass auf, dass die Bande zu Hause bleibt. Sonst kannst du mit deinem Mann auch vom Hof verschwinden."

Weinend stürzte Kirsten ins Haus. Keiner durfte in ihre Nähe kommen. Sie igelte sich vollkommen ein. Sogar ihren Mann schickte sie weg. „Geh und suche dir eine andere Frau", schrie sie ihm entgegen. „Ich bin zu nichts nütze. Du brauchst eine Frau, die Kinder gebären kann. Ich bin eine hohle Nuss. Von mir kannst du nichts erwarten. Ich bin nur eine Belastung für dich."

Aber Horst wollte keine andere Frau. Schon als fünfzehnjähriger war er in Kirsten verliebt. Sie beide waren Seelenverwandte, das wusste er genau. Nie könnte er mit einer anderen Frau glücklich werden. Er versuchte alles, um Kirsten zu trösten.

„Wir müssen nicht unbedingt Kinder haben. Ich will nur dich. Wir könnten auch eins adoptieren oder eine Leihmutter nehmen. Ich weiß doch, wie gern du ein Kind in den Armen halten würdest. Es würde wie unser eigenes sein", versuchte er sie zu trösten.

„Unsere Liebe ist doch so stark, wir können auch ohne Kinder glücklich sein."
Er schlug ihr vor, sie sollten einen längeren Urlaub nehmen: „Die Arbeit auf dem Hof ist gut eingespielt. Eugen kennt alles. Die Leiharbeiter sind alle schon da. Hedi weiß mit dem Hofladen bestens Bescheid. Was nützt uns das Geld. Nur wir sind wichtig."
Seine Argumente waren gut, aber kamen nicht an. Kirsten verschloss sich gegen jeden Vorschlag.

Kirsten

Kirsten kam als Zehnjährige zu ihrer Tante, die im Nachbardorf von Horst lebte. Es war das größte Dorf in der Umgebung, fast schon eine Kreisstadt. Es gab eine Schule, in die alle Kinder bis zum vierzehnten Lebensjahr gingen. Die einzige Kirche war für alle Dörfer in der Umgebung zuständig. Einen großen Supermarkt und eine Polizeistation. Kirstens Eltern waren von einer Nordlandreise nicht zurückgekehrt. Auf der Rückfahrt hatte es bei Trondheim ein schlimmes Unwetter gegeben. Alle Passagiere waren angehalten in der Kabine zu bleiben. Das hatten die Eltern nicht befolgt. „Meiner Frau geht es nicht gut", sagte ihr Mann.

Erst einen Tag später wurde das Fehlen der beiden bemerkt. Kirstens Vater war Lehrer in

Bremen. Erst spät wurden sie Eltern. Ihre Mutter war schon über vierzig, als sie schwanger wurde. Ihr Vater war immer sehr distanziert zu Kirsten. Wohingegen ihre Mutter sehr überschwänglich in ihrer Freude war. Ab und zu machte sie allerdings verrückte Sachen. Sie stellte ihre Schuhe in den Kühlschrank. Sie holte Kirsten mit Pampuschen von der Schule ab, dem Vater war es sehr unangenehm. Kirsten lernte früh aufzupassen, wo die Mutter die Schlüssel hinlegte. Einige Male hatte sie die Familie schon ausgesperrt.

Die Reise der Eltern war in den Herbstferien und Kirsten fuhr zu ihrer Tante, wie schon viele Male zuvor. Nur dieses Mal kehrte sie nicht wieder nach Hause zurück.
Für Kirsten brach eine Welt zusammen. Sie vermisste ihre Eltern sehr. Gewiss ihr Vater war streng, aber gerecht. Er liebte seine Frau, die etwas tüttelig war, wie er es nannte,

abgöttisch. Kirsten vermisste das lustige Lachen der Mutter und den Gesang. Selbst wenn etwas nicht gut lief, lachte die Mutter sie alle aus und sang.

Die Tante war nett, aber eben nur eine Tante. Sie hatte keine eigenen Kinder und hatte spät geheiratet. Sie war mit dem Dorfpolizisten, er selbst nannte sich Sheriff, verheiratet. Nach dem Tod ihrer Eltern war Kirsten ein stilles, in sich gekehrtes Kind. Sie dachte viel an ihre Eltern. Bei jedem Tadel oder jeder Belehrung brach sie in Tränen aus.

Und der Onkel hatte viel zu meckern. In Kirstens Augen war er ein Wichtigtuer und hasste Kinder. Oft sagte er zu ihr, wenn die Tante es nicht hörte. „Du gehörst ins Heim."

In der Schule hatte sie gute Noten, aber fand schwer Freunde. Einige spotteten: „Du Bremerin, stolperst über 'n spitzen Stein. Hältst dich wohl für was Besseres.

Pass auf, dass du nicht in den Mist fällst. Dein toller Onkel kann, dir dann auch nicht helfen."

„Der soll mal lieber selbst auf-passen, der Säufer", meinte jemand anderer.

Kirsten tat so, als wenn sie das alles nichts anging, und hob den Kopf etwas höher. Sie wusste, dass der Onkel mehr trank, als ihm guttat, aber keiner wagte ihn anzu-zeigen. Er war die Polizei. Wenn es nur bei dem Saufen und besoffenen Autofahren beim Onkel geblieben wäre, könnte er sicher heute noch leben. Aber er tat etwas Unverzeihliches und die Tante reagierte sofort. In einer Sams-tagnacht auf der Rückfahrt vom Gasthof pas-sierte es. Auf einer kurvigen, leicht abschüs-sigen Straße verliert jemand, der nicht ganz nüchtern ist, leicht mal die Kontrolle über das Auto. Sein wunderschönes, erst halbes Jahr alte Auto landete an einer dicken Eiche. Voll-kommen zusammengedrückt, brannte es aus.

Dem Baum war Gott sei Dank nichts passiert. Und das Auto war versichert. Die Kollegen der Polizei konnten kein Fremdverschulden feststellen. Der Ölfleck auf dem Parkplatz war von den vielen durchlaufenden Füßen schnell zertreten. Seit der Zeit lebte Kirsten mit der Tante allein und in Sicherheit. Beide konnten wieder frei atmen. Auch die Tante weinte ihrem Mann keine Träne nach. Nach einem Jahr gab es wieder die lustige Kirsten.

Kirsten und Horst

Für Horst blieb sie immer die kleine hübsche, lustige Kirsten. Er, der stille Bauernsohn, war von Anfang an total in sie verschossen. Es stand für ihn fest, die heirate ich.

Es hat dann noch viele Jahre gedauert, bis er sich getraut hatte, Kirsten zu fragen. Er studierte Agrarwissenschaften. Kirsten begann eine Lehre bei der Sparkasse. Aber wenn Dorffeste, Hochzeiten oder sonstige wichtige Feiertage waren, trafen sie sich. Und beide spürten, wir gehören zusammen. Er wollte Kirsten und Kirsten wollte nur ihn. Als Kirsten zwanzig Jahre alt war, wurde eine große Hochzeit gefeiert. Die Eltern von Horst überschrieben ihrem Sohn den Hof. Sie hatten gleich bemerkt, Kirsten ist ein Landkind.

Sie kam bestens mit dem Vieh zurecht, was damals noch die Haupteinnahmequelle war. Keine Arbeit war ihr zu schwer. Alles machte sie mit einem Lachen. Ihr Sohn war glücklich und die Eltern konnten sich beruhigt zurückziehen.

Nach und nach baute Horst den Hof um. Sein Vater hatte viel Land dazugekauft. Gutes fruchtbares Land und er stellte auf Gemüse und Obst um. Nur die Hühner und die Sattelschweine, die fast das ganze Jahr draußen bleiben konnten, behielt er.
So konnten sie in ihrem Hofladen auch Eier, Schinken und selbstgemachte Wurst anbieten. Wenn Kinder mit zum Einkaufen kamen, war bei ihnen jedes Mal die Begeisterung groß, dass sich die Schweine streicheln ließen. Horst hatte verschiedene Großabnehmer für seine Ware. Alles war gut organisiert und jedes Jahr im Frühjahr kamen die Erntehelfer.

Die blieben bis zum Herbst und wohnten in kleinen Häusern, die extra für sie und ihre Familie gebaut waren. Es war wie ein kleines Extradorf. Die meisten kamen schon viele Jahre und brachten sogar ihre kleinen Kinder mit.

Nach Kirstens Zusammenbruch rief Horst seine Leute zusammen, erklärte ihnen die Situation und bat sie um Unterstützung.

Die Frauen verstanden sofort, warum ihre Kinder nicht mehr in Kirstens Nähe kommen sollten. Sie versprachen, alles zu tun, damit Kirsten sich nicht aufregen musste. Horst bat sie, dass sich immer zwei Frauen um die Kinder kümmern sollten, die müssten auch nicht mit auf das Feld. Die Frauen sollten das untereinander regeln.

Alles war gut organisiert auf dem Hof und lief wie am Schnürchen. Nur das Menschliche und eine Seele kann man nicht organisieren.

Früher hatten die beiden bei jedem Fest mit-
gefeiert. In den Sommermonaten wechselten
Hochzeiten, Taufe und Schützenfeste sich ab.
Jedes Dorf feierte seinen eigenen Feuerwehrball und Erntefeste. Oft hatten die beiden die
ganze Nacht durchgetanzt und waren am
Morgen, als sie noch Kühe hatten, gleich zum
Melken gegangen. Jedes Jahr hatten sie im
Juni auf dem Hof ein großes Sommerfest
gefeiert. Auch viele Kunden waren immer gern
dabei. Dieses Jahr wollte Horst alles ausfallen
lassen. Er wollte keine Fragen beantworten.
Vor den Kunden im Hofladen hatten sie bisher
Kirstens Zustand geheim gehalten. Es war nur
bekannt, dass ihr Baby gestorben war. Er
selbst kümmerte sich nicht um den Laden,
das war immer Kirsten und Hedis Sache
gewesen. Hedi hatte sich zwei Erntehelfe-
rinnen zur Unterstützung geholt. Es war
gespenstisch, wie Kirsten sich veränderte.

Sie schlurfte wie eine alte Frau im Obstgarten umher, wo jetzt die Apfelbäume blühten. Zupfte an den Blüten und summte vor sich hin. In ihrer eigenen Küche wusste sie nicht mehr, wo die Geräte lagen. Kochen oder Backen war ihr überhaupt nicht mehr möglich. Hedi kümmerte sich um alles und wiegte Kirsten wie ein kleines Kind. Nur Hedi und Eugen wussten wie es um Kirsten wirklich stand. Horst musste die beiden nicht extra verpflichten, Stillschweigen zu bewahren. Sie fühlten sich als Teil der Familie und die Familie hält zusammen. Wenn jemand fragte, antworteten sie, im Moment ginge es Kirsten nicht so gut.

Mitte Mai bemerkte Hedi, dass es Kirsten anscheinend besser ging. Sie fragte Horst und der bestätigte es ihr. „Ich wollte noch nicht darüber reden, weil ich Angst habe, dass es nicht anhalten wird. Ich bin so froh. Kirsten steht jetzt am Morgen wieder mit mir auf. Sie hat gestern sogar wieder Frühstück für uns gemacht. Sie ist zwar immer noch sehr müde und vergisst viel, aber sie meint, es gehe ihr besser."

Hedi bemerkte, wie erleichtert Horst war, und freute sich mit ihm. Dieses Jahr waren die beiden fünfzehn Jahre verheiratet und alle hatten gesehen, wie ihre Liebe zueinander immer mehr gewachsen war. Sie verstanden sich blind. Das eine große Geheimnis behielten sie für sich. Dass Kirsten nie ein Kind haben würde, hatten die beiden bis jetzt allein mit sich abgemacht.

Selbst Hedi wusste nichts davon. Horst hatte Kirsten versprochen, keinem Menschen etwas davon zu erzählen. Sie wollte kein Mitleid.

„Ich sehe schon die Blicke von den anderen Frauen", sagte sie zu ihm. „Jedes Jahr bekommen die ein Kind und ich es bringe es noch nicht mal fertig, dass mein Mädchen lebt. Ich überlege mir, ob du nicht Recht hast mit der Leihmutter. Aber bitte dränge mich nicht. Ich habe die Tabletten abgesetzt und wie du siehst, geht es mir schon viel besser. Bald bin ich wieder die Alte."

Sie wuschelte seine wilde Haarmähne durcheinander und drückte seine Hand. Erstaunt hatte Horst ihr zugehört. Er hatte das Gefühl, vor ihm stünde wieder seine starke Kirsten. Ganz zart nahm er sie in seine Arme.

Er drückte sie vorsichtig an sich. „Bitte gehe es langsam an. Wir haben viel Zeit. Wenn die Spargelzeit vorüber ist, fahren wir in Urlaub."

„Ja," meinte Kirsten „wir haben viel Zeit und die wollen wir zusammen verbringen. Wir haben noch nicht viel von der Welt gesehen. Wir werden das jetzt nachholen. In den nächsten Tagen werde ich für ein oder zwei Stunden in den Laden gehen und Hedi helfen. Ich möchte langsam wieder unter Menschen.

Nein, ich werde es nicht übertreiben", setzte sie sofort hinzu, als sie das Gesicht von Horst sah.

Die ersten beiden Tage saß Kirsten im Laden in einem kleinen Sessel, den man extra für sie hereingetragen hatte. Der Laden befand sich in der früheren Scheune. Den hinteren Teil hatten sie abgetrennt. Das war der sogenannte Spielladen für die kleineren Kinder. Es gab Strohballen zum Klettern und Spielsachen. Aber das größte war für die Lütten, es gab einen Kaufmannsladen, der immer interessante Naschsachen hatte. So war es kein Problem, wenn die Mütter sich mal verklönten. Ihre Kinder waren beschäftigt und sehr zufrieden.

Den kleinen Sessel hatte Horst, auf Wunsch von Kirsten, in die Spielecke gestellt. „Aber die Kinder", wagte er einzuwenden.

„Ich liebe Kinder und ich kann ihnen doch

keine Schuld geben. Ich werde es schaffen, je eher, desto besser", war ihr Gegenargument.

Kirsten wurde etwas scheel angeguckt von den Müttern, die einkauften, aber sofort in Beschlag genommen von den Lütten. Sie konnte nicht einfach nur da sitzen und zugucken. Nein, Kinder fordern und haben auch keine Scheu, das zu verlangen, was sie haben wollen. Und die wollten, dass sich Kirsten mit ihnen beschäftigte. So passierte es, dass Kirsten bald mitten in der Kinderschar saß und ihnen was vorlas oder sang. Man sah ihr an, dass sie sich wohl fühlte. Hier musste sie keine Erwartungen erfüllen. Hier konnte sie ohne Nachzudenken einfach nur sie selbst sein. Von Tag zu Tag ging es ihr besser. Horst war sehr erleichtert und strahlte vor Freude. Es war ihm völlig egal, was andere Leute sagten, von wegen die spielt nur mit den Kindern und lässt die anderen für sich arbeiten.

Seinetwegen müsste Kirsten nicht arbeiten,
wenn sie nur glücklich war, dafür wollte er
alles tun.

Ende Mai war Pfingsten und in den Tagen
davor viel im Laden zu tun. Alle wollten sie
Spargel, Schinken und Erdbeeren zu den
Feiertagen essen. Kirsten hatte schon den
ganzen Vormittag beim Verkauf mitgeholfen.

Hedi sah, wie erschöpft sie war,
und sagte zu ihr: „Geh doch zu den Lütten,
setz dich in deinen Sessel und lies ihnen
etwas vor. Die warten doch nur auf dich. In
einer halben Stunde machen wir Mittags-
pause."

Kirsten ließ sich erschöpft auf den Sessel
sinken und wurde sofort umlagert. Gleich
war sie wieder sie selbst und begann vorzu-
lesen. Ein kleiner Junge hatte sich an ihre
Beine geschmiegt und lauschte mit halboffe-
nem Mund. Es war ein Bild der reinsten Idylle.

Hedi sah es mit wehen Herzen und verspürte eine kalte Hand im Nacken, so dass sie sich abrupt umdrehte, aber es stand keiner hinter ihr. Die letzte Kundin war eine junge Frau. Die erst vor kurzem ein Zwillingspärchen bekommen hatte. Jetzt zu Pfingsten sollte die Taufe sein. Sie hatte Spargel und Schinken extra vorbestellt. „Wir feiern nur im kleinen Kreis, nur in der Familie. Aber wir sind schon zwanzig Leute. Nach der Kirche werden wir bei uns zu Hause essen, denn ich stille ja noch."

Hedi hatte sie schon am Arm gepackt und bugsierte sie samt ihren Einkäufen nach draußen. Sie hatte gesehen, dass bei Kirsten die Tränen liefen.

Plötzlich ein schrecklicher Schrei und ein Geheul wie bei einem verwundeten Tier. Kirsten stürzte auf die Frau zu. Es war ein schrecklicher Anblick. Die Augen riesengroß, der Mund aufgerissen und die Fäuste geballt.

Hedi hatte noch die Möglichkeit Kirsten festzuhalten, aber das Schreien hörte nicht auf. Verstört rannte die Frau zu ihrem Auto, aber konnte noch sehr gut hören, was Kirsten hinter ihr her schrie. „Alle Kinder werden sterben. Es ist ein Fluch. Verdammt sind sie alle. Auch du wirst sie nicht retten."

Eugen hatte gerade eine neue Ladung Spargel gebracht und hörte das Geschrei. Sofort stürzte er zur Scheune und konnte gerade noch Kirsten auffangen, der plötzlich die Beine wegsackten und wie eine Stoffpuppe in sich zusammenfiel. Er trug sie ins Haus. Hedi rief Horst und den Arzt an. Nach einer Spritze schlief Kirsten, verkrümmt auf dem Sofa ein.

Maren

Maren, die damals zwölf Jahre alt war, aber jedem erzählte, im September werde ich dreizehn, konnte nicht verstehen, dass sie nicht mehr auf den Hof durften. Es war doch wie ihr zweites Zuhause. Meistens machte sie ihre Schularbeiten in der Küche von Kirsten, die sie liebevoll Mama Kirsten nannte. Ihre beiden Brüder waren wild und immer bereit Maren zu ärgern, um sie vom Lernen abzuhalten. Vor allen bei schlechtem Wetter und in den Wintermonaten liebte Maren die heimelige Atmosphäre in der großen Wohnküche von Kirsten. Meistens arbeitete ihre Mutter zusammen mit Kirsten. Es wurde gebacken, eingekocht, gebastelt und gesungen. Diese heitere Stimmung fehlte Maren gerade jetzt, wo sie zum Teenager heranreifte.

Sie war ein neugieriges Kind, wollte alles genau wissen. Sie hatte Fragen über Fragen: „Was habe ich falsch gemacht? Warum ist Kirsten mit mir böse? Wann wird es ihr wieder besser gehen? Ich würde ihr so gern etwas vorlesen. Kirsten hat gesagt, wenn ich ihr vorlese, beruhigt sie das. Ich kann gut vorlesen", trumpfte sie auf. Maren weinte tagelang.

Ihre Mutter versuchte, es ihr zu erklären. Aber Maren wollte es nicht akzeptieren. „Sie hat doch uns", hatte sie daraufhin gesagt.

Ihre Brüder hatten ihr einen Vogel gezeigt und sie für doof erklärt. Ihr älterer Bruder Sven meinte: „Du bist doch Mamas Kind und Kirsten will eigene Kinder. Du bist nur Ersatz. Das verstehst du nicht, du bist noch zu jung."

Diese Erklärung reichte Maren nicht. Sie war sich sicher, dass Kirsten sie auch liebte und sie kein Ersatz war.

Bei jeder Gelegenheit versuchte sie, sich Kirsten Haus zu nähern. Vielleicht würde sie ja Kirsten durch Zufall sehen. Maren lebte mit ihrer Familie in einem Extrahaus auf dem Hofgelände. Wenn sie mit dem Fahrrad zur Schule fuhr oder zurückkam, passierte sie immer am Haus des Bauern. Im Schneckentempo radelte sie am Haus von Kirsten vorbei. Immer die Augen auf das Haus gerichtet. Einige Male war sie sogar abgestiegen und hatte so getan, als wenn am Fahrrad etwas nicht stimmte. Bis ihre Mutter das bemerkte und sie mit einer Standpauke nach Hause jagte.

Auch für Marens Mutter war es ein schrecklicher Schlag, als Kirsten wieder zusammenbrach. Immer hatte sie Kirsten Mut zugesprochen und versucht sie aufzurichten. Sie hatten zusammengehalten wie Schwestern. Jetzt zu erleben, wie Kirsten immer mehr verschwand und keiner zu ihr durchdringen konnte, verursachte ihr schrecklichen Kummer. Jeden Abend erzählte sie ihrem Mann, was am Tag passiert war. Unter Tränen berichtete sie ihm, dass Kirsten fast nichts mehr essen würde. Sogar ihre geliebten Rosen interessierten sie nicht mehr. Maren lauschte bei jeder Gelegenheit. Sie redete sich ein, wenn sie nur mit Kirsten sprechen und ihre Hand nehmen könnte, würde alles wieder gut. So versuchte sie immer wieder, Kirsten zu treffen, auch wenn ihre Mutter es verboten hatte.

Mitte Juni waren die Sommerferien angebrochen. Im Hofladen herrschte reger Betrieb. Der letzte Spargel wurde verkauft und die Leute drängelten sich, als wenn es nie wieder Spargel geben würde. Die Erdbeerfelder zum Selberpflücken waren frei gegeben. Familien fielen wie Heuschrecken über die Felder her. Beim Wiegen und

Abrechnen hatte sich eine lange Schlange gebildet. Nur hinter dem Haus im Garten mit den alten knorrigen Obstbäumen war eine wohltuende Ruhe. Diese alten Apfelsorten waren nur für den Eigenbedarf und etwas Besonderes.

Maren hatte sich in den Obstgarten geschlichen, keiner hatte es bemerkt. Bis hierher drang das Lärmen und Kreischen der Kinder nicht. Sachte bewegten sich einige Wäschestücke im Sommerwind. Im kleinen Gartenpavillon war der Kaffeetisch gedeckt. Auf einen Teller lag noch ein halbes Stück Streuselkuchen und dicke Krümel waren zu einer Linie zusammengeschoben. Genau wie bei mir wunderte sich Maren, wenn ich etwas nicht mag. Bei diesem Anblick hörte sie im Geiste die Stimme ihrer Mutter, was die zu Marens Vater gesagt hatte: „Kirsten isst wie ein kleiner Vogel. Sie pickt ein paar Brocken und den Rest verteilt sie auf dem Teller."

Kirsten und ihr Mann hatten hier draußen gesessen und eine Kaffeepause gemacht. Horst hatte sicher, hungrig wie er war, zwei Stücke Kuchen verschlungen. Mit den Gedanken schon wieder vorne auf dem Hof. Erschöpft und müde von der zusätzlichen Belastung mit Kirsten, hatte er nicht die Kraft aufgebracht, sie wieder und wieder zu ermahnen, etwas zu essen.

Maren schaute umher, ob sie Kirsten entdecken konnte. Leise rief sie: „Mama Kirsten". Keine Antwort. Sie umrundete den Pavillon, nichts. Ihr Blick fiel immer wieder auf das halbe Stück Kuchen. Sie wusste, ihre Mutter hatte den gestern gebacken. Das Wasser lief ihr im Mund zusammen. Am liebsten hätte sie das Stück an sich genommen und es weiter hinten bei den alten Apfelbäumen in sich hineingestopft. Aber sie blieb standhaft.

Bei den Gedanken an die Apfelbäume überlegte sie, ob die Juniäpfel schon soweit reif
wären, dass man sie probieren sollte. Dass
die ersten probierten Äpfel meistens noch
unreif waren, störte die Kinder nicht. Auch
wenn man hinterher Bauchweh hatte, es
musste probiert werden. Leise vor sich hin
summend schlich sich Maren in Richtung
Apfelbäume. Das Gras mit den Wildblumen
stand noch hoch. Erst zur Erntezeit würde es
gemäht werden. Jetzt tummelten sich noch
Bienen und kleine Schmetterlinge darin. Beim
Klarapfelbaum stellte Maren enttäuscht fest,
die Äpfel waren noch steinhart. Das lag sicher
am langen Winter, dass es dieses Mal Juli-
äpfel wurden. Sie überlegte, ob sie über die
Felder und Wiesen nach Hause gehen sollte.
Sie wollte vorn auf keinen Fall gesehen
werden. Als ihr Blick in einiger Entfernung auf
etwas großes Weißes im Gras fiel.

Wie kommt ein Wäschestück hierher, fragte sie sich? Langsam ging sie darauf zu.

Aber es war kein Wäschestück! Es war Kirsten in einem langen weißen Kleid. Sie lag mit ausgebreiteten Armen im tiefen Gras. Ihr rotblondes Haar hatte sich wild um ihren Kopf verteilt. In beiden Händen hielt sie kleine Sträuße mit Margeriten und Vergissmeinnicht. In der Brustmitte lagen rote Rosenblätter, es sah aus wie Blut. Sie wirkte wie ein Engel mit ihren geschlossenen Augen und einem leichten Lächeln in den Mundwinkeln. Nur die gelben Gummistiefel störten das Gesamtbild.

Maren war erstarrt vor Schreck. Laut rief sie: „Oh, Mama Kirsten, was ist mit dir?"

Kirsten öffnete die Augen und sagte: „Da bist du ja, meine Schöne. Hilf mir mal auf und bürste meine Haare. Ich habe meine anderen Kinder gesehen, das war schön.

Aber du darfst es keinem erzählen, sonst denken die, ich bin so verrückt wie meine Mutter."

Das war für die zwölfjährige Maren, auch wenn sie überall betonte bald dreizehn zu sein, zu viel. Die Tränen strömten nur so, schluchzend warf sie sich auf Kirsten und umklammerte sie. „Ich werde alles tun", rief sie „und das Geheimnis bewahren, aber du musst wieder gesund werden. Ich helfe dir," erklärte sie eifrig.

Kirsten wiegte sie und streichelte Maren die Tränen weg. Ihr Blick ging in die Ferne, ohne etwas zu sehen. Mit klarer Stimme sagte sie: „Ja, du hast Recht, es ist Zeit gesund zu werden. Ich will wieder lachen und tanzen. Du kannst mir dabei helfen. Willst du?"

Ja, natürlich wollte Maren, das hatte sie sich doch die ganze Zeit gewünscht. Sie würde Kirsten heilen, davon war sie überzeugt.

Sie nahm Kirstens Hand und langsam gingen sie zum Haus zurück. Kirsten pflückte ab und zu noch ein paar Blumen und sang leise vor sich hin. Ihr weißes Kleid, das, wie sich später herausstellte, ein Nachthemd war, war hinten schmutzig und voller Gräser. Es sah aus, als wenn sie den Schneeengel im Gras gemacht hatte. In ihren Haaren klebten Gräser. Als Kirsten sich im Spiegel sah, schrie sie vor Schreck auf.

Maren ließ ihr ein Bad ein und stopfte das Nachthemd in den Wäschekorb. Sie nahm die Haarbürste und begann vorsichtig, die Gräser zu entfernen. Kirsten lag völlig entspannt in der Wanne und seufzte wohlig: „Du machst das wunderbar meine Schöne. Du musst öfter zu mir kommen. Wie heißt du eigentlich?"

Vor Schreck hätte Maren fast die Bürste ins Wasser fallen lassen. Kirsten hatte sie nicht erkannt. Was würde passieren, wenn sie

sagte, ich bin Maren, die Tochter von Hedi?
Sie traute sich nicht. Sie hatte Angst, dass es
Kirsten wieder schlecht gehen könnte.

So sagte sie nur: „Ich komme gern wieder,
wenn ich darf."

Sie half Mama Kirsten, wie sie die Bäuerin
immer nannte, aus der Wanne und erschrak,
wie dünn Kirsten doch war. Mit fester Stimme
verkündete Kirsten: „Ich werden kochen und
du hilfst mir dabei."

Maren krümmte sich innerlich. Was sollte sie
nur tun? Wie gern würde sie Kirsten beim
Kochen helfen. Aber wie würde der Bauer,
und ihre Mutter reagieren, wenn die beiden
sie in der Küche antrafen?

Kirsten hatte inzwischen mehrere Kleider aus
dem Schrank genommen und fragte Maren:
„Welches soll ich anziehen?"

„Das Grüne," sagte Maren, ohne zu zögern,
„das passt so gut zu deiner Haarfarbe.

Ich gehe schon in die Küche, und bereite alles vor." Schnell huschte sie raus. Voller Panik hastete sie zu ihrer Mutter. Sie war die Einzige, die ihr helfen konnte. Marens Mutter verstand sofort die Situation. Oft genug hatte sie es mitbekommen, dass Maren sich auf den Hof schlich. Nach einigen Ermahnungen hatte sie es aber aufgegeben, mit Maren deshalb zu schimpfen. Sie konnte sogar ihre Tochter verstehen, sie wusste, dass Maren Kirsten wie eine zweite Mutter liebte.

Vielleicht hoffte Hedi sogar im Stillen, wenn Kirsten Maren sehen würde, würde sie sich nicht mehr so verschließen. Aber das hätte sie nie offen zu jemanden gesagt. Jetzt war der Ernstfall eingetreten und sie mussten sehen, wie es weiter ging.

„Ja, wir müssen sehr vorsichtig sein. Ich werde gleich Horst Bescheid sagen, damit er dich nicht beim Namen nennt.

Wahrscheinlich wäre es ein großer Schock für Kirsten. Ihr beginnt schon mal, das Abendbrot herzurichten und ich komme in einer halben Stunde. Ich werde dich nicht mit Namen ansprechen. Du musst stark sein, kannst du das?"

Maren verspürte große Angst und schluckte. Was hatte sie sich nur dabei gedacht. Trotz Verbot Kirsten zu besuchen und sich einzubilden sie heilen zu können. Sie war doch nur ein kleines Mädchen. Sie zitterte und flüsterte: „Ich habe Angst um Kirsten. Hoffentlich schaffe ich es."

Ihre Mutter nahm sie zart in die Arme und klopfte ihr behutsam den Rücken: „Ich weiß. Aber du schaffst das schon. Nun aber los, du musst vor ihr in der Küche sein."

Kaum war Maren zurück, kam Kirsten trällernd die Treppe hinunter. Maren hatte den Korb mit Erdbeeren und Spargel, den ihr die Mutter geistesgegenwärtig mitgegeben hatte, auf den Küchentresen gestellt und putze schon eifrig die Erdbeeren. Es hatte den Anschein, als wenn sie ganze Zeit in der Küche gearbeitet hätte.

„Oh, Spargel und Erdbeeren", rief Kirsten begeistert. „Da habe ich richtig Appetit drauf. Spargel und Schinken ist auch das Leibgericht von Horst. Ich werde Sauce Hollandaise dazu machen, die liebt mein Horst besonders. Er ist ein Leckermaul. Ich koche so gerne für ihn."

Eifrig holte Kirsten die Zutaten zusammen und machte sich an die Arbeit. „Du bereitest die Erdbeeren zu, meine Schöne. Wir werden sie mit Sahne essen. Heute ist ein Feiertag." Kirsten wirbelte in der Küche umher wie früher. Jeder Handgriff passte. Sie wusste genau, wo die Küchen-utensilien lagen. Keine Spur von Unsicherheit. Keine fragenden Blicke. Sie war voll in ihrem

Element und sang jetzt laut. Wie verabredet kam Marens Mutter nach einer halben Stunde dazu. Wie selbstverständlich stimmte sie in den Gesang von Kirsten ein. Maren konnte es nicht fassen und die Tränen kullerten schon wieder. Dieses Mal waren es aber Freuden-tränen. Glücklich lächelte sie ihre Mutter an. Allerdings wagte sie nicht in den Gesang ein-zustimmen. Die Harmonie zwischen den beiden Frauen war einfach zu groß. Sie hatte Angst, sie würde mit ihrer nach Tränen kräch-zender Stimme alles verderben.

In der Küche herrschte eine so gelöste heitere Stimmung wie früher. Als der Bauer eintrat, blieb ihm vor Staunen, der Mund offenstehen. Er hatte schon alle Hoffnung aufgegeben, seine Kirsten wieder singen und lachen zu sehen. Als Kirsten ihren Mann erblickte, stürzte sie auf ihn zu, umarmte und küsste ihn. „Komm, wir wollen heute feiern.

Nach der vielen Arbeit soll es dir gutgehen. Hedi und meine Schöne werden mit uns essen. Sie will mir ihren Namen nicht verraten. Es ist ein geheimes Spiel."

Kirsten kicherte, beugte sich dicht zu ihrem Mann und flüsterte ihm zu: „Ich spiele mit und tue so, als wenn sie mir fremd ist. Aber es ist Christina, unsere Tochter. Tu so, als wenn du sie nicht kennst."

Verwirrt schaute Horst seine Kirsten an. War sie jetzt verrückt geworden? Sie machte einen klaren Eindruck. Aber Christina, ihre Tochter, hatte doch nur zwei Tage gelebt. Bisher hatten sie diesen Namen nie wieder erwähnt. Es war ein unausgesprochenes Tabuthema. Und jetzt strahlte Kirsten bei dem Namen. Was war passiert?

Marens Blicke gingen hin und her. Es ist wie ein Zaubermärchen, dachte sie. Während des Essens herrschte eine ausgelassene Stimmung wie seit Monaten nicht mehr. Alle versuchten lustig zu sein. Aber alle außer Kirsten, waren innerlich verkrampft und angespannt. Sie tauschten verstohlen Blicke. Die Angst war spürbar, dass die Stimmung bei Kirsten plötzlich umschlagen würde.

Maren zitterte und ihr war übel. Sie wollte nach Hause. Ihre Mutter spürte, dass Maren jeden Moment losheulen würde. Sie hatte sich so tapfer geschlagen, aber ihre Kraft war erschöpft. Darum sagte Hedi energisch: „So Kirsten, das Kind muss ins Bett. Es ist todmüde und wir müssen morgen alle früh aufstehen."

Erleichtert atmete Horst auf. Er nahm Kirsten in die Arme. „Komm, mein Schatz, wir gehen auch ins Bett. Ich bin so froh, dass es dir wieder besser geht. Aber wir müssen vorsichtig sein und es langsam angehen."

Kirsten schaute ihn verwirrt an und fragte:

„War ich krank? Was fehlte mir denn?

Aber du hast Recht, ich fühle mich noch

schlapp. Eine Grippe kann einem doch viel

Kraft rauben." Eine Antwort erwartete sie

nicht, brav ging sie mit ihrem Mann nach

oben.

Marens Mutter nahm ihre Tochter an die Hand

und sie verließen fast fluchtartig das Haus.

„Ich räume morgen auf. Zuhause erzählst du

mir genau, was passiert ist. Jede Kleinigkeit

ist wichtig. Ich will, dass auch dein Vater alles

hört. Was hast du nur mit Kirsten gemacht?"

Hedi zog die Schultern hoch und schüttelte

wiederholt den Kopf.

Maren fielen beim Erzählen fast die Augen vor

Müdigkeit zu. Aber sie versuchte, alles so

genau wiederzugeben, wie es passiert war. Zu

dritt saßen sie in der Küche. Ihre beiden

Brüder waren zum Glück im Sommercamp.

So dauerte das Erzählen nicht ganz so lange,

als wenn sie dabei gewesen wären. Ihre Eltern lauschten aufmerksam. Ihre Mutter drückte Maren immer wieder zart an sich und munterte sie auf. Danach brachte sie Maren ins Bett, was seit Jahren nicht mehr passiert war. Sie deckte Maren zu und setzte sich noch zu ihr.

Vorsichtig erklärte sie ihr, um sie nicht zu erschrecken: „Du darfst mit keinem Menschen darüber reden, was passiert ist. Die Leute würden es nicht verstehen. Alles, was nicht greifbar ist, nennen sie Spökenkram. Auf den Dörfern sind viele noch abergläubisch. Aber jetzt schlaf erst mal." Sie stopfte die Decke an beiden Seiten fest und legte ihr den Stoffelefanten aufs Kopfkissen. Er war schon stark abgenutzt. Maren hatte ihn schon lange nicht mehr in der Hand gehabt, aber jetzt drückte sie ihr Gesicht daran. Zwei Sekunden später war sie eingeschlafen.

Kirstens Kindheit

Marens Vater Eugen hatte nach dem Gespräch mit Maren wie wild auf seinen Computer geschrieben. Hedi las nun, dass er genau dieselbe Angst hatte wie sie. Wir müssen auf Maren aufpassen. Wenn die Klatschtanten das erfahren, hat sie keine Ruhe mehr. Die einen werden sie heiligsprechen, die anderen sie als Hexe brandmarken. Du weißt, was Übles über Kirsten geredet wird. Sie ist verhext! Sie ist selbst eine Hexe! Sie ist zu faul zum Arbeiten! Die Moorgeister werden aufstehen und Unglück über alle bringen. Sie sollte aus dem Dorf verschwinden und vieles mehr. Es ist gut, dass gerade Sommerferien sind. Maren sollte mit deinen Eltern an die See fahren. Dann können wir

abwarten, wie es mit Kirsten weiter geht.
Hedi wusste genau, was im Dorf geredet
wurde. In der letzten Zeit sogar ziemlich offen
und nicht mehr hinter vorgehaltener Hand.
Sie sah ein, dass ihr Mann recht hatte mit
seinen Überlegungen. Ja, Maren brauchte
Schutz. Müde sagte sie: „Ich werde morgen
zu Kirstens Tante fahren. Die muss mir einiges erklären. Ich habe das Gefühl, da gibt es
ein Geheimnis. Ich kann es nicht erklären,
aber da ist etwas. Ich fahre danach auch
gleich bei meinen Eltern vorbei und frage, ob
sie mit Maren an die See fahren würden. Aber
jetzt lass uns schlafen."

Am nächsten Morgen waren Hedi
und Eugen noch früher als sonst auf den
Beinen. Hedi räumte beim Bauern schnell die
Reste vom Vorabend auf und bereitete das
Frühstück für Kirsten und Horst zu. Sie war
immer noch aufgeregt. Verschlafen kam Horst

dazu und bombardierte sie mit Fragen.

Er war ratlos und konnte sich die Wunderheilung, wie er es nannte, nicht erklären.

„Wunderheilung" sagte er verächtlich und ballte dabei die Fäuste.

Es geht schon los, dachte Hedi. Auf seine Fragen konnte sie nur mit den Schultern zucken. Sie hatte ja selbst keine Erklärung.

„Ich muss heute den Tag frei haben. Meinem Vater geht es nicht so gut", erklärte sie dem Bauern. Der schaute sie ungläubig an. Noch nie hatte Hedi um einen freien Tag gebeten und das ausgerechnet jetzt, wo alles so durcheinander war.

Sie hatten nicht bemerkt, dass Kirsten barfuß die Treppe runtergekommen war. Sie musste gehört haben, dass Hedi zu ihren Eltern wollte. Beide bekamen einen Schreck, als Kirsten sagte: „Dann nimm einen Korb Spargel und Erdbeeren mit. Sie freuen sich bestimmt darüber, und grüße sie ganz herzlich von uns. Mach dir keine Sorgen, ich werde im Laden helfen. Ich freue mich schon darauf die Kunden zu begrüßen."

Der Bauer hatte schon den Mund geöffnet für einen Prostest. Aber klappte ihn schnell wieder zu, als er sah, dass Hedi einen Finger auf den Mund legte.

„Ja, das ist eine gute Idee," sagte die.

„Alle sollen sehen, dass es dir wieder gut geht. Aber für heute hatten wir doch geplant, die Erdbeermarmelade zu kochen. Die Früchte werden sonst schlecht und nur durch dein spezielles Rezept ist die Marmelade so einmalig. Im Laden sind genug Leute. Morgen bin ich wieder da und zusammen zeigen wir allen Leuten, wie stark du bist."

Horst stimmte zu: „Ja, so ist es besser. Zusammen seid ihr stark. Warte, ich gebe dir noch schnell den Spargel und die Erdbeeren", und ging mit Hedi raus.

„Gott sei Dank, dass dir das noch eingefallen ist. Ich weiß nicht, wie die Leute reagieren, wenn Kirsten in den Laden kommt. Sie hat zu mir gesagt, Maren wäre Christina, unsere tote Tochter. Ich werde noch verrückt. Was soll ich nur tun? Ich kann sie doch nicht einsperren. Und Maren, wie soll Maren damit fertig werden?" Seufzend wandte er sich ab.

Hedi fuhr noch schnell bei sich Zuhause vorbei. Erleichtert sah sie, dass Maren noch tief und fest schlief. Ihr Mann war schon aus dem Haus, hatte aber für sie beide den Frühstückstisch liebevoll gedeckt. Hedi trank nur einen Kaffee, ihr kribbelte die Haut vor Unruhe. Am liebsten hätte sie Maren mitgenommen.

Sie schickte ihrem Mann eine SMS: „Bitte komm schnell nach Hause und pass auf Maren auf. Kirsten denkt wirklich, dass Maren ihre tote Tochter ist. Ich habe Angst, dass Maren Dummheiten macht."

Für Maren schrieb sie einen kleinen Brief und erklärte ihr, dass sie wichtige Besorgungen machen müsste. Inständig bat sie ihre Tochter, heute nicht zu Kirsten zu gehen. Die Aufregung müsse sich erst legen. Sie konnte nur hoffen, dass Maren sich daranhielt oder ihr Vater sie abhalten konnte. Sie wusste, dass ihre Tochter sehr eigensinnig sein konnte. Später dachte sie oft, ach, hätte ich sie doch geweckt und mitgenommen. Das schreckliche Unglück wäre nicht passiert.

Bevor sie losfuhr, rief Hedi bei der Tante an und die zeigte sich erfreut, dass Hedi sie besuchen wollte. „Wir frühstücken zusammen, dann kannst du mir alle Neuigkeiten erzählen."

Auf der halbstündigen Fahrt, an diesem herrlichen Sommertag ließ Hedi das Erlebte noch einmal Revue passieren. Angesichts der in der Sonne auf den Feldern und in ihren Gärten arbeitenden Menschen, kam ihr alles, was gestern passiert war, unwirklich vor. Sie bekam immer noch eine Gänsehaut, wenn sie daran dachte. Hoffentlich konnte die Tante etwas zur Aufklärung beitragen.

Die Tante war erleichtert und erfreut, dass es Kirsten besser gehen sollte. Sie hatte sich schon damit abgefunden, dass Kirsten nach und nach aus dem Leben verschwand.

Beim gemeinsamen Frühstück bohrte Hedi dieses Mal tiefer, denn niemand wusste so richtig Bescheid über die Eltern von Kirsten. Gab es eine Verbindung zum völligen Zusammenbruch von Kirsten? Zuerst wiegelte die Tante ab und wollte auch nichts über die Eltern erzählen. Hedi ließ sich nicht abspeisen und fragte immer weiter. Sie hatte das Gefühl, es gibt da ein Geheimnis.

Plötzlich brachen die Dämme der Tante und sie weinte hemmungslos.

Immer hatte sie befürchtet, dass eines Tages die Krankheit der Mutter auch bei Kirsten durchbrechen würde. Bei der Mutter hatte es schleichend begonnen. Keiner hatte es zuerst weiter beachtet. Sie ist ein bisschen schusselig und vergesslich, sagten die Leute. Mit der Zeit wurde es schlimmer. Da gingen die Leute schon auf die andere Straßenseite und tuschelten „Total Plem, Plem!"

Nachdem die Aussetzer häufiger wurden, ließ sie sich auf eigenem Wunsch untersuchen. Sie bekamen eine schreckliche Diagnose. Eine frühe Art von Demenz, die vererblich ist. Wie geht man mit so einem Urteil um? Es ist wie ein Damoklesschwert, von dem niemand weiß, wann es herab saust.

Kirsten war damals neun Jahre alt. Nach diesem Urteil, und man kann es nicht anders nennen, wurden die Aussetzer der Mutter noch häufiger und schlimmer.

Es war, als wenn jemand die Schleusen geöffnet hatte. Der Schock war so groß, dass sie nur noch nach innen lebte. Ihren Mann und die Tochter erkannte sie nur noch zeitweise. Kirstens Vater war völlig überfordert.

Die Tante erzählte weiter: „Ich zog vorübergehend zu ihnen. Meine Schwägerin war unberechenbar. Mal lustig und anhänglich, dann wieder aggressiv. Sie machte Dinge, die kleine Kinder tun. Sprang in Pfützen und pflückte überall Blumen, auch in fremden Gärten. Sie legte sich ins nasse Gras und sang traurige Lieder. Mein Bruder war Lehrer, er bat mich, Kirsten mit zu mir nach Hause zu nehmen. In den Herbstferien wollte er noch einmal eine Schiffsreise zum Nordkap mit seiner Frau unternehmen. Das war immer ihr Wunsch gewesen. Danach würde er einen

Heimplatz für sie suchen. Er flehte mich an, gut auf Kirsten aufzupassen."

Wiederholt schnäuzte sich die Tante. Die Tränen liefen unentwegt. „Ich mache uns mal einen frischen Kaffee", meinte Hedi und drückte kurz die Tante an sich.

„Wenn du gesehen hättest, wie er sie geliebt hat. Er hat sie angebetet. Er hat alles für sie getan und bis ins Kleinste geplant. Ich habe nicht geahnt, was er vorhat. Er hätte sich so oder so nicht davon abbringen lassen. Es wäre nur auf eine andere Art passiert. So war es ein Unglück und keiner konnte hinterher was Schlechtes reden."

Inzwischen hatte die Tante ein dickes Fotoalbum geöffnet. Die Bilder zeigten, Kirsten war das genaue Ebenbild ihrer Mutter. Die Tante blätterte bis zur letzten Seite, da waren die Fotos aus den Tagen vor der Nordlandreise. Eine glückliche Familie, würde jeder sagen.

Die lachende Dreiergruppe, die Faxen macht,
so sah es für jeden Außenstehenden aus.
Mutter und Tochter hatten ihre Hüte untereinander getauscht. Kussmünder gemacht.
Nur beim Vater ahnte man eine Traurigkeit,
wenn man genauer hinschaute. Er lächelte
nur mit dem Mund. Das Lachen erreichte nicht
seine Augen.

Heftig schlug die Tante die Hände vor die
Augen und schluchzte laut auf. „Ich kann
immer noch nicht die Bilder anschauen,
obwohl es mehr als zwanzig Jahre her ist.
Immer wieder habe ich mich gefragt, warum
habe ich nichts davon geahnt?"

Fest umklammerte sie die Hände von
Hedi und erzählte leise weiter. „Ich wusste
doch, wie groß seine Liebe zu Kirstens Mutter
war. Er hätte es nie fertiggebracht, sie in ein
Heim zu geben. Von jeder Station hat er
Briefe geschickt.

So liebevolle Briefe an Kirsten. Ich habe beim Lesen geweint. Von Tromsó aus schickte er dann ein Paket. Das aber erst nach der Todesnachricht eintraf. Darin befand sich eine kleine Holzfigur und ein Brief an Kirsten. Ihr Vater schrieb ihr, die Figur stelle eine nordische Heilige dar und wäre von einer Seherin gesegnet worden. Sie würde über Kirsten wachen und sie beschützen. Es war noch ein dicker Umschlag dabei, der war für mich bestimmt. Er enthielt zwei Briefe. Der eine war ein Abschiedsbrief und er erklärte, warum sie nicht wiederkommen würden. Es belaste ihn zwar schwer, Kirsten nicht aufwachsen zusehen, aber ohne seine Frau könne und wolle er nicht leben.

Er schrieb nicht, wie sie aus dem Leben scheiden wollten. Vielleicht wusste er es da selber noch nicht und der Sturm war eine gute Gelegenheit. Einen Plan muss er schon gehabt haben, denn er bat mich, keinem etwas zu sagen, vor allen Dingen der Versicherung nicht. Bitte sei für Kirsten eine Mutter und verzeih mir", war sein letzter Satz.

Die Tante schüttelte wiederholt den Kopf und zog mit zitternden Händen einen Brief hervor. „Den zweiten Brief sollte ich Kirsten geben. Sie sollte erfahren, dass auch in ihr die teuflische Krankheit der Mutter schlummerte. „Du wirst den richtigen Zeitpunkt wissen", schrieb er.

Sie umklammerte Hedi so fest, dass die Mühe hatte zu atmen. „Oh Gott, oh Gott, rief sie, „was habe ich nur getan? Ich habe Kirsten nie den Brief gegeben. Ich habe nie ein Wort über die Krankheit ihrer Mutter verloren. Aber wann hätte ich ihr den Brief geben sollen. Es war nie der richtige Zeitpunkt." Die Tante wiegte sich hin und her. „Sollte ich ihn ihr zur Hochzeit mit Horst geben?

Sie waren so glücklich und malten sich die Zukunft rosig aus. Es gab auch nie Anzeichen von Vergesslichkeit bei ihr. Im Gegenteil, ich habe mich oft gewundert, was sie alles behalten kann. Meine Schwägerin hatte schon immer etwas verrückte Sachen gemacht. Aber darüber haben die Leute gelacht. Ich weiß noch, einmal hat sie viele bunte Bänder auf die Wäscheleine gehängt und mit Kirsten darunter getanzt.

Ich glaube, bei Kristen hat der Tod ihres Kindes einen großen Schock ausgelöst. Vielleicht hat ihre Seele da Schaden genommen."

Die Tante zeigte noch einige Fotos von Kirsten mit der Figur. Hedi erinnerte sich, sie hatte die Figur bei Kirsten im Schlafzimmer gesehen. Nach dem Tod des Babys wollte Kirsten die Figur verbrennen.

Außer sich vor Wut schrie sie: „Von wegen mich beschützen, das Dinge ist verhext und bringt nur Unglück." Horst hatte sie nur unter großer Anstrengung davon abhalten können, indem er sie ganz fest umarmte. Hinter Kirstens Rücken gab er Hedi die Figur, die sie schnell wegbrachte.

Wo war die Figur eigentlich geblieben, fragte sie sich nun? Sie war nicht wiederaufgetaucht. Hedi hielt es in der Küche nicht mehr aus. Es war zu viel, was alles auf sie einprasselte.

Bei der Tante spürte sie fast körperlich die Erleichterung. Endlich konnte sie alles rauslassen, was sich seit Jahrzehnten aufgestaut hatte. Kirstens Tante war ihr gefolgt und bat Hedi sich auch den Rest anzuhören. Noch einmal hätte sie nicht den Mut, dass alles zu erzählen.

„Nie habe ich mit jemanden über den angekündigten Selbstmord gesprochen. Das Paket kam ja erst, nachdem wir die Vermisstenanzeige bekommen hatten.

Auch bei der Reederei gab es keine Zweifel, dass es ein Unglück war. Zu dem Zeitpunkt herrschte ein schrecklicher Sturm. Ein Ehepaar hatte die beiden noch an Deck getroffen und mit ihnen gesprochen. Kirstens Vater hätte erwähnt, dass seine Frau etwas seekrank wäre und sie noch an der frischen Luft bleiben wollten. Aber lassen sie sich nicht wegwehen, hätte das Ehepaar noch scherzhaft gerufen.

Beim Abendessen fehlten die beiden. Aber das war kein Einzelfall, viele Plätze blieben leer. Am nächsten Morgen sah der Steward die unbenutzten Kojen. Da wurde Alarm geschlagen. Aber da gab es keine Möglichkeit mehr, jemanden zu finden. Wer bei starkem Sturm über Bord geht, ist verloren."

Die Tante schloss die Augen. Hedi merkte, wie erschöpft sie war. Ihr selbst ging es nicht anders. Was für ein tragisches

Schicksal und welch schreckliches Erbe, das Kirsten in sich trug. Was wäre passiert, wenn sie es früher gewusst hätte? Hedi und Kirstens Tante saßen ratlos auf der Terrasse. Wie sollte es weiter gehen?

In einer Sache waren sie sich einig, Kirsten durfte in ihrem jetzigen Zustand auf keinen Fall von diesem Brief erfahren.

Aber Horst, er musste Bescheid wissen. Jetzt, wo alles auf dem Tisch war, konnte Hedi sich nicht wegducken. Sie durfte nicht so tun, als wenn alles in Ordnung wäre. Es gab keine Wahl, er musste über die Krankheit von Kirsten informiert werden. Vieles würde dadurch auch verständlicher. Außerdem musste er die Möglichkeit haben, sich zu entscheiden, wie er weiter zu Kirsten stehen wollte. Die Krankheit würde voranschreiten und niemand könnte das aufhalten. Sie beschlossen, es muss ein Treffen mit Horst geben.

So schwer es auch sein würde, aber die Tante musste es ihm persönlich sagen. Es gab keinen anderen Weg, um das Schlimmste zu verhindern.

Host könnte sich mit Ärzten beraten, ob es eine Möglichkeit zur Behandlung dieser teuflischen Krankheit gab. Was Hedi erfahren hatte lastete schwer auf sie. Auf der Rückfahrt schrie sie ihre Wut über das gemeine Schicksal, über die Tante und über die schwarze Zukunft raus.

Als die Zeiten noch normal waren, hatten sie sich wie eine große Familie gefühlt. Immer hatte Hedi das Gefühl gehabt, sie müsste alle bemuttern. Oft hatte Kirsten sie ausgelacht.

„Du machst dir zu viele Gedanken Hedi."

Jetzt würgte Hedi die Angst. Sie hatte das Gefühl, gleich würde sie platzen. Zu ihren Eltern könnte sie in dieser Verfassung nicht fahren, das musste warten.

Zuerst musste sie mit ihrem Mann sprechen und dann mit Horst. Nach diesen schrecklichen Neuigkeiten war sie froh, eine kurze Zeit für sich allein zu haben. Dankbar dachte sie an ihre Eltern, die schon Ende sechzig waren, aber gesund und geistig fit. Sie würde sie nachher anrufen und wegen Maren fragen. Über Kirsten durfte sie ihren Eltern sowieso nichts erzählen. Es sollte noch keiner wissen und wenn ihre Mutter etwas Trauriges hörte, war sie einige Tage nicht ansprechbar. Gut wäre es, wenn sie in der Nähe sein könnten beim Besuch der Tante.

Horst kannte Hedis Eltern gut und vielleicht könnten sie ihm etwas Halt geben nach der Nachricht. Horst Eltern lebten in Spanien und waren nicht so schnell zur Stelle. Aber vielleicht wollte Horst es seinen Eltern nicht sagen. Nach dem Tod des kleinen Mädchens war zwischen Horst und seinen

Eltern eine Verstimmung eingetreten. Seine
Mutter hatte wenig feinfühlig reagiert, indem
sie gesagt hatte: „Na, wenigstens war es
keine Fehlgeburt wie bei den anderen."

Danach hatten sie nur das Nötigste miteinander gesprochen und auch keine Einladungen für die Ferien ausgesprochen. Es
herrschte Funkstille.

Nachdem Hedi noch ein paar Mal
heftig geflucht hatte, beruhigte sie sich langsam wieder. Sie wusste, sie würde alles tun,
um Kirsten zu helfen. Eugen würde sicher Rat
wissen. Er war immer der ruhende Pol. Als sie
bei sich Zuhause vorfuhr, kam Eugen ihr
schon wild gestikulierend entgegen. Er war so
schnell, mit den Händen, dass Hedi nicht alles
verstand, nur so viel > Maren ist weg<.
Auf dem Computer schrieb er dann was passiert war. Allerdings hatte er nicht alles mitbekommen. Als er zum Mittag nach Hause

kam, sah er Maren mit dem Bauern wegfahren. Maren hatte ihm noch zu zugewinkt.
Als sie das las, fuhr Hedi sofort mit Eugen
zum Hof. Hedi zitterte vor Aufregung, was war
passiert? Zart legte Eugen seine Hand auf
ihre und bedeutete ihr, beruhige dich, es wird
sich aufklären.

Der Wagen von Horst stand nicht auf dem
Hof. Im Laden erklärten sie Hedi, er hätte
gesagt, er müsse noch etwas besorgen.
Maren wäre hinten im Garten bei Kirsten.
Kirsten hätte den ganzen Morgen gejammert
und geweint, sie wolle Christina sehen.
„Wo ist Christina?",hätte sie immer gerufen
und wäre überhaupt nicht zu beruhigen
gewesen. Erst als Horst Maren geholt hätte,
wäre sie ruhig geworden.
„Wo warst du denn, Christina? Du darfst doch
nicht einfach weglaufen", hätte sie gerufen.
Jetzt säßen die beiden im Garten und putzen

die Erdbeeren für die Marmelade.

Das Bild, das sich Marens Eltern im Garten bot, sah aus wie ein Gemälde. Der Kaffeetisch war mit bunten Blüten geschmückt. Vom Streuselkuchen gab es nicht mehr den kleinsten Krümel. Auch Kirstens Teller sah aus wie geputzt. Ein CD-Player auf der Trasse spielte Oldies und Maren und Kirsten sangen laut mit. In Abständen steckten sie sich gegenseitig Erdbeeren in den Mund. Sie hatten rot verschmierte Hände und Münder. Maren zeigte auf Kirsten und Kirsten auf Maren. Beide lachten, bis ihnen die Tränen kamen.

Marens Eltern starrten fassungslos auf die beiden. Hedi spürte eine Gänsehaut am ganzen Körper. Die Hände der beiden waren voller Erdbeersaft, der runter tropfte. Es sah aus, als wenn Blut aus den Fingern lief.

„Nein, bitte", würgte Hedi hervor und wollte hinlaufen. Da spürte sie die Hand ihres

Mannes auf der Schulter. Fest drückte er und drehte sie zu sich herum. Er schüttelte den Kopf, was so viel hieß, nein, bleib, kein Wort.

Als Kirsten Hedi und Eugen sah, winkte sie ihnen fröhlich zu. „Kommt her, Christina und ich haben viel Spaß. Christina, das sind Hedi und Eugen, die guten Geister auf dem Hof. Sie gehören beinahe zur Familie und haben zwei Söhne. Die sind im Moment im Ferienlager."

Was war mit Kirsten passiert? War sie wirklich davon überzeugt, dass Maren ihre Tochter Christina war? Wie sollten Marens Eltern reagieren? Um Marens Mund begann ein leichtes Zittern und in ihren Augen glänzten Tränen. Gleich würde sie losweinen. Marens Vater ging ruhig auf Kirsten zu und gab ihr zu verstehen, er hätte nichts gegen ein Stück Kuchen einzuwenden.

„Aber gern. Christina, hole uns doch noch ein

bisschen Kuchen."

Maren erhob sich erleichtert. Ihre Mutter begleitete sie in die Küche. Dort nahm sie ihre Tochter tröstend in die Arme.

„Bitte versuch erst einmal weiter mitzuspielen. Ich weiß nicht, was passiert, wenn wir Kirsten widersprechen." Tapfer rieb sich Maren die Tränen aus den Augen. „Ich schaff das schon", meinte sie „Es ist wie im Schultheater."

Zu viert saßen sie dann im Garten. Mit Freude sah Hedi, dass Kirsten mit gutem Appetit beim Streuselkuchen zulangte. Sonst hatte sie nur wie ein kleines Vögelchen gepickt. Nach zwei Stunden, in denen sie noch viele Erdbeeren putzten und bei den Oldies mitsangen, kam Horst zurück. Kirsten lief ihm freudestrahlend entgegen und fuhr ihm mit den saftverschmierten Händen durch die Haare und in sein Gesicht.

Es sah aus wie eine Kriegsbemalung.

Er schwenkte sie herum und sprach beruhigend und liebevoll mit lachendem Gesicht auf sie ein. Aber das Lachen war nur um seinen Mund herum, es erreichte nicht seine Augen. Die Augen waren gerötet und blickten traurig. Er hat geweint, ging es Hedi durch den Kopf.

„Komm, Christina, wir machen Abendessen", rief Kirsten fröhlich und winkte Maren zu sich. Hedi ging zu Horst und hielt ihn zurück. Sie erklärte ihm, dass Kirstens Tante ihm etwas Wichtiges mitteilen musste.

„Ja, soll sie kommen. Das ist auch schon egal, was sie zu sagen hat. Ich war heute bei unseren Hausarzt und der hat mir erklärt, Kirsten müsse von einem Neurologen untersucht werden. Vielleicht könnte auch ein Psychiater ihr helfen. Diese fixe Idee, dass Maren ihre Tochter Christina ist, grenzt an Schizophrenie. Wahnsinn, stell dir das mal vor. Danach bin ich noch ziellos durch die Gegend gefahren. Was soll ich nur machen?"

Mit großen fragenden Augen schaute er Hedi an. Am liebsten hätte Hedi ihn in den Armen genommen und mit den Worten getröstet: „Alles wird gut."

Aber das Schlimmste stand ihm noch bevor, die Beichte der Tante. Hedi versuchte stark und energisch zu erscheinen und sagte resolut: „Am besten, du sprichst gleich morgen mit ihr. Es ist wirklich wichtig. Wenn du möchtest, kann ich dabei sein. Meine Eltern kommen morgen zu uns. Du weißt, du bist wie ein Sohn für sie. Ich bin sicher, sie werden dir gern beistehen. Aber nur, wenn du es möchtest", betonte sie.

Dann drehte sie sich schnell weg, weil sie ihre Tränen nicht mehr zurückhalten konnte. Ein dicker Kloß saß in ihrem Hals.
Sie wartete nicht auf eine Antwort, sondern

ging schnell raus, um am Hals ihres Mannes ihren Tränen freien Lauf zu lassen. Nur Eugen konnte noch die Reaktion von Horst sehen. Der fuhr sich mit beiden Händen hart und heftig über sein Gesicht, als wollte er eine harte Schicht wegrubbeln.

Vielleicht dachte er, wenn ich nur genug reibe, gehen alle bösen Ideen und Gedanken weg und die heile Welt kommt zurück. Nur die heile Welt würde es nicht mehr geben. **Nie wieder!**

Besuch von der Tante

Am nächsten Tag, als die Tante eintraf, emp-
fing der Bauer sie in seinem Büro. Hedi war
im Laden. Ihre Eltern waren bei ihr und warteten, ob ihre Hilfe benötigt wurde. Hedi hatte
ihnen in Kurzfassung die Situation geschildert.

Kirsten war mit Maren im Obstgarten. Sie
hatte alle Fotoalben in den Pavillon
geschleppt und erklärte Maren, wie sie als
Baby Christina war. Sie zeigte Fotos: Maren
auf Kirstens Arm, Maren in der alten Wiege
vom Hof. Mit lachendem und weinendem
Gesicht, bei der Taufe. Wie sie krabbelt und
zu laufen anfängt. Zur Einschulung mit einer
riesigen Schultüte. Der viel zu große Ranzen
erdrückte das kleine Mädchen fast. Ab und zu
war auch der Bauer mit auf den Fotos.
Aber nie Marens Eltern. Das war kein Wunder,

denn die Fotos wurden extra für die Patentante Kirsten gemacht. Stolz zeigte Kirsten die Fotos und schwärmte „Ich wusste schon, als du in meinen Bauch warst, dass du ein wunderschönes, außergewöhnliches Kind wirst. Meine schöne Christina."

Zart strich sie Maren über die Wangen.

Maren erschauerte und rutschte unruhig auf dem Stuhl hin und her. Kisten erzählte ihr so bildhaft und ausführlich von ihrer angeblichen Geburt als Christina, von den Schmerzen und von den Gedanken, die sie dabei empfunden hatte, dass Maren völlig durcheinandergeriet. Leise Zweifel regten sich bei ihr, ob Kirsten eventuell doch ihre leibliche Mutter war. Vielleicht hatte sie ihr Kind nicht selbst versorgen können, weil sie krank war, und hatte es deshalb zu Hedi gegeben. Jetzt war sie wieder gesund und wollte ihre Tochter zurück. Waren ihre Brüder wirklich ihre Brüder?

Die beiden ärgerten sie doch bei jeder Gelegenheit und waren froh, wenn sie ihnen nicht in die Quere kam. War das unter Geschwistern normal? Maren war mit ihren zwölf Jahren komplett überfordert. Einerseits war sie sicher, Hedi und Eugen sind meine Eltern und meine doofen Brüder, sind meine Brüder.

Andererseits erzählte Kirsten von so vielen Kleinigkeiten, die Maren schon lange vergessen hatte, dass ihr ganz schwindelig wurde. Wer hatte sie versorgt, als die Katze Maren so gekratzt hatte? Wer hatte ihr das schöne azurblaue Samtkleid zur Einschulung gekauft? Die Kinobesuche, die Fahrten auf dem Dom in der Geisterbahn. Ja, wer hatte das alles mit ihr gemacht? Maren wurde immer unruhiger und war schon drauf und dran, nach Hause zulaufen. Dass hier nicht ihr Zuhause war, das fühlte sie.

Da war sie sich sicher. Sie hatte sich schon erhoben, um Kirsten zu erklären, sie müsste jetzt gehen, als der Bauer mit der Tante auf den Pavillon zustrebte. „Kirsten sieh mal, wen ich mitbringe, Tante Gisa besucht uns. Sie wird ein paar Tage bleiben."

Es sollte fröhlich klingen, kam aber sehr gepresst und sein Gesicht passte nicht dazu. Es war schneeweiß, Schweißtropfen perlten von seiner Stirn. Horst fuhr mit seinen Händen unruhig hin und her, um sie gleich danach wieder aneinander zu reiben.

Hedi stand seitlich hinter ihm, sie war gespannt auf Kirstens Reaktion. Aber da war nichts. Kein Erkennen, nicht die kleinste Regung. Höflich sagte Kirsten: „Ach, das ist nett, dass sie uns besuchen. Wir kennen uns noch nicht. Die Verwandtschaft von Horst ist ja riesig. Viele leben auch im Ausland. Wo kommen sie denn her?"

Als die Tante ihr den Ort nannte, in dem Kirsten lange Jahre gelebt hatte und zur Schule gegangen war, konnte sie nichts damit anfangen. Sie sagte nur: „So, so. Es ist, schön dass sie ein paar Tage bleiben. Wir freuen uns immer über Besuch. Das Haus ist groß genug. Hedi wird ihnen ihr Zimmer zeigen."

Die Tante räusperte sich und bekam noch ein: >Aber< heraus. Da packte Hedi sie fest am Arm und schob sie in Richtung Haus. Sie zog fast mit Gewalt, da die Tante sich immer wieder fassungslos umdrehte und sich sträubte. Im Haus brach sie zusammen. „Sie erkennt mich nicht mehr. Ich habe sie großgezogen und sie weiß nicht mehr, wer ich bin. Das ist ja schlimmer als bei ihrer Mutter. Und sie ist noch so jung." Sie weinte hemmungslos. Hedi drängte sie die Treppe hoch und brachte sie in ein Gästezimmer. Sie suchte eins aus, dass weit ab vom Garten lag.

Kirsten durfte nicht hören, dass ihre Tante laut weinte. Dann ging sie zu ihren Eltern und bat ihre Mutter, der Tante beizustehen. Die nahm die Sherryflasche mit und meinte: „Das wird ihr ein wenig helfen."

Als Hedi zurück in den Garten kam, traf sie Kirsten und Maren bei einer hitzigen Diskussion. Maren erklärte Kirsten gerade, dass ihr langweilig sei und sie sich gern mit ihren Freundinnen zum Baden treffen würde.

„Aber nein, das geht nicht. Ich brauche dich hier auf dem Hof", rief Kirsten mit weit aufgerissenen Augen. „Wir haben es hier doch so schön und viel Spaß zusammen. Was willst du mit den albernen Freundinnen. Die bringen dich nur auf dumme Gedanken", fügte sie etwas ruhiger hinzu.

„Nein, ich will nicht hierbleiben. Ich will baden gehen und du kannst es mir nicht verbieten." Maren verzog trotzig ihr Gesicht.

Hedi setzte sich dazu und drückte Maren kurz die Hand. „Kirsten", meinte sie „du solltest dir das noch einmal überlegen. Es sind doch Sommerferien. Alle Kinder sind im Schwimmbad. Was soll das Kind denn die ganze Zeit hier machen? Sie vermisst doch ihre Freunde."

Kirsten schlug die Hände vors Gesicht und jammerte: „Was soll Christina denn im Schwimmbad? Wir sind noch nie mit ihr schwimmen gegangen. Keiner von uns kann schwimmen. Ich habe sogar große Angst vor tiefen Wasser. Ich will nicht, dass Christina etwas passiert. Wir haben nur das eine Kind, im Gegensatz zu dir", setzte sie schnippisch hin zu.

Hedi atmete laut und heftig aus. Sie hatte Mühe ruhig zu bleiben. Was könnte sie sagen, damit hier nicht alles zusammenbrach?

Kurz entschlossen ging sie zu Kirsten und

nahm sie in die Arme. Sie drückte sie sanft und streichelte ihr den Rücken. „Was hältst du davon, wenn wir drei zusammen ins Schwimmbad gehen? Das Kind kann mit den Freundinnen zusammen schwimmen üben, während wir uns auf der Terrasse einen Rieseneisbecher bestellen. So kommst du auch mal wieder raus."

Hedi hatte absichtlich nicht den Namen Christina gesagt, um Kirsten in ihrem Wahn nicht zu bestätigen. Es könnte einen Schock bei ihr auslösen, wenn sie Maren sagte.

Kirsten hatte sich von Hedi losgemacht und schaute sie fragend an. „Was meinst du damit, auch mal wieder raus?"

Ruhig sagte Hedi: „Immer arbeitest du nur. Du brauchst mal eine Pause. Es ist so heiß, ein richtig großer Eisbecher wäre doch toll. Also lass uns los, wir machen einfach mal blau."

Kirsten schaute zu Maren, dann wieder zu

Hedi. Beide nickten ihr zu. „Gut, ihr habt Recht. Wir machen einfach mal blau."

Dann klatschte sie aufgeregt in die Hände, tanzte ein paar Schritte und sang: „Heute blau und morgen blau und übermorgen wieder."

Diesen alten Schlager hatten sie schon lange nicht mehr gehört. Alle drei kicherten und Maren sagte: „Wer das hört, könnte denken, wir sind jetzt schon blau."

„Pö," sagte Kirsten „ mir egal was die denken."

„Ja, mir auch. Aber wir müssen Horst noch schnell Bescheid geben, sonst macht er sich Sorgen", sagte Hedi. Sie wusste, dass Horst mit dem Arzt telefonieren wollte, damit sie schnell Termine für die nötigen Untersuchungen bekämen. Nach dem Horst den Brief von der Tante bekommen hatte, war es noch dringender und der Hausarzt würde sich bei seinen Kollegen sicher noch mehr einsetzen.

Horst wäre bestimmt froh, wenn er alles ohne Störung erledigen könnte.

Kirsten sang schon wieder: „Heute blau. Ach, Hedi, geh du und sag´s ihm. Ich hole uns inzwischen Handtücher und eine Decke. Sonnenöl nicht vergessen."

Alles im Singsang. Schnell lief sie die Treppe hoch. Hedi und Maren schauten entsetzt hinter ihr her. Maren schmiegte sich an ihre Mutter. „Ist sie jetzt verrückt geworden?" flüsterte sie.

„Ich weiß nicht, was mit ihr los ist. Aber wir sollten versuchen, sie nicht aufzuregen. Kannst du das durchhalten?"

Maren nickte und sagte bestimmt, dabei wirkte sie sehr erwachsen. „Egal, was mit ihr los ist. Für mich bleibt sie immer Mama Kirsten. Sie ist die zweite Mutter für mich."

Horst war froh, so konnte er in Ruhe telefonieren und er musste nicht befürchten, dass Kirs-

ten etwas von dem Brief der Tante mitbekam.
Alle hatten schreckliche Angst davor, was
Kirsten machen würde, wenn sie erführe, was
ihre Eltern hinterlassen hatten. Die Spannung
war fast fühlbar. Alle schlichen bedrückt
umher. Hinzu kam, dass es ein heisser Tag
war. Die Temperatur war fast auf dreißig Grad
gestiegen. In der Ferne kündigte sich ein
Gewitter an. Hedi hoffte, dass Gewitter, würde
sie wenigstens von außen, etwas abkühlen
würde.

Kirsten schwimmt!

Der Nachmittag im Schwimmbad würde eine erholsame Pause für alle sein. Hedi hatte auf der Fahrt dahin schnell die Badesachen geholt und ihren Mann informiert. Dann gehe ich zu Horst rüber, gab er ihr zu verstehen. Der braucht bestimmt meine Hilfe.

Das Schwimmbad war gut besucht, aber sie hatten Glück, und ergatterten noch einen schattigen Platz unter den Kastanien. Kaum dass Maren ihren Badeanzug anhatte, sauste sie zu ihren Freundinnen. Hedi hatte ihr noch einmal klar zu verstehen gegeben, mit niemanden über Kirsten zu sprechen. Maren hatte ihre Schwurhand gehoben und Hedi wusste, dass sie sich darauf verlassen könnte. Kirsten und Hedi machten es sich auf der Decke bequem und begannen das

Wolkenspiel. Das hatten sie früher, als die Kinder von Hedi noch klein waren, oft gespielt.

Sie schauten in den Himmel und sagten: „Ich sehe etwas, was du nicht siehst." Die Kinder hatten die größere Fantasie und sahen große Ungeheuer, Tiere, sogar ganze Elefantenherden, die über den Himmel stürmten. Heute war es Kirsten, die in den Wolken am lichtblauen Himmel, komische Figuren sah. Ganz flach lag sie auf der Decke, als wenn sie sich in die Erde hinein sinken lassen wollte. Beide Arme streckte sie dem Himmel entgegen. Leise summte sie vor sich hin.

Hedi erkannte nach einiger Zeit, es war das Wiegenlied „Guten Abend, gute Nacht." Wie komisch, dachte sie, wir liegen hier im schönsten Sonnenschein und Kirsten summt ein Schlaflied. Was mag nur in ihrem Kopf vorgehen?

Plötzlich richtete Kirsten sich aufgeregt auf.

Sie rief: „Sieh mal, Christina schwimmt. Sie ist ja so schlau und lernt alles schnell. Sie ist so schön. Ich liebe sie", setzte sie leise hinzu.

Natürlich schwimmt Maren, wollte Hedi gerade sagen. Wir haben das unseren Kindern schon sehr früh beigebracht. Aber bei Kirstens verzücktem Gesichtsausdruck blieb sie vor Schreck stumm. So sah Anbetung aus. Was sollen wir nur mit ihr machen? Irgendwann bricht alles zusammen.

Unvermittelt sprang Kirsten hoch. Sie lief auf das Schwimmbecken zu und sprang mit ihrem Kleid ins Wasser. Aber sie sprang nicht einfach nur vom Beckenrand hinein, nein, mit weit vorgestreckten Armen machte sie einen Hechtsprung. Wie eine Meisterschwimmerin. Ihr leichtes Sommerkleid blähte sich wie ein geblümtes Sonnensegel. Prustend kam sie wieder hoch und schwamm. Mit weit ausholenden Bewegungen, als wenn sie nie

103

etwas anderes gemacht hatte. Sie tauchte den Kopf leicht ins Wasser, um beim nächsten Zug wieder tief Luft zu holen. Wie eine geübte Schwimmerin. Sie glitt durch das Wasser wie ein Fisch. Wenn sie jemals Angst vor tiefen Wasser gehabt hatte, war das jetzt vorbei.

Respektvoll waren die anderen Schwimmer zu den Rändern ausgewichen. Unbeirrt durchpflügte Kirsten in ihrem geblümten Sommerkleid das Becken und stieß kleine Lustschreie aus. Am Beckenrand hatten sich zahlreiche neugierige Zuschauer versammelt. Einige schauten entsetzt, andere nur erstaunt.

Handyfotos wurden gemacht. Mit Pfeifen und Zurufen feuerten sie Kirsten an. Hedi kauerte am Beckenrand und bat Maren, Kirsten zum Aufhören zu bewegen. Aufgeregt auf seiner Trillerpfeife pfeifend kam der Bademeister angelaufen und scheuchte die Menge auseinander. Lachend stieg Kirsten aus dem

Becken. Das Wasser strömte aus ihren Haaren über ihr Gesicht. Sie lachte und schüttelte sich, dass es nur so spritzte.

Die lachende Kirsten, der schimpfende Bademeister, der Anblick war so komisch, dass die Menge laut mitlachte und applaudierte. Nur Hedi war das Herz schwer, am liebsten hätte sie geweint. Schnell hüllte sie Kirsten in ein Badetuch. Sie war froh, sie heil wieder in den Armen zu halten.

Auf der Terrasse bestellten sie sich zur Belohnung jeder einen großen Eisbecher. Vielmehr Kirsten bestellte für alle.

„Ich weiß, Christina nimmt Erdbeere, Schokolade, du Hedi, wie immer Zitrone und Nuss. Ich Vanille und Krokant und alle mit Sahne und Schirmchen. Stimmt´s?"

An was Kirsten sich erinnerte und was aus ihrem Gedächtnis verschwunden war, konnte keiner vorhersagen. Niemand ahnte, was für ein Orkan sich in ihrem Kopf abspielte. Genüsslich schleckte Kirsten ihr Eis und wedelte mit ihrem Schirmchen. Sie sah schmal und zerbrechlich aus. Aber sie schien sich wohlzufühlen. Sie schloss die Augen und streckte ihr Gesicht der Sonne entgegen. Was für ein schöner Tag", sagte sie, „wir müssen öfter blaumachen."

„Aber nächstes Mal springst du besser mit Badeanzug ins Wasser", grinste Hedi sie an.

Kirsten gluckste schon wieder vor Lachen: „Ja, das war lustig und wie der Bademeister sich aufgeregt hat." Mit tiefer Stimme imitierte sie den Bademeister: „ Es ist verboten, mit Straßenkleidung ins Wasser zu springen. Ich verwarne sie, Badeanzug und Kappe sind hier Vorschrift. Bla, Bla."

Entspannt stimmten Hedi und Maren in das Gelächter mit ein. Ja, dachte, Hedi sie sollten öfter mal blau machen. Kirsten würde das auf jeden Fall gut tun, vielleicht würde sie wieder ganz normal, wenn der Stress nicht so groß wäre.

Wie fragil alles war, konnte sie schon im nächsten Moment feststellen.

Gertrud, ein Chormitglied, baute sich am Tisch auf und schnatterte gleich los. „Kirsten, wie schön zu sehen, dass es dir wieder gut geht. Wir haben uns ja lange nicht gesehen. Horst sagte nur, wenn wir fragten, du brauchst Ruhe. Hier im Schwimmbad habe ich dich noch nie getroffen. Du kannst ja toll schwim- men und traust dich mit Kleid rein zu springen, hahaha. Übernimm dich bloß nicht. Du bist ja so dünn, dass durch deine Rippen der Wind pusten kann."

Hedi hatte schon einige Male versucht, sie zu unterbrechen, doch Gertrud ließ sich nicht stoppen. Sie plapperte munter weiter.

„Hedi, du musst gut auf Kirsten aufpassen, sie

ist ja so dünn. Wann kommt ihr denn wieder zum Singen? Maren ist ja groß geworden, fast schon eine kleine Dame. Hedi, erinnerst du dich noch an ihre Taufe? Als der Chor sang, hat sie so laut geschrien, dass du mit dem Singen aufhören musstest. Erst als du sie auf dem Arm hieltst, war sie mucksmäuschenstill und du konntest weitersingen. Dabei hat sie selig geschlafen." Gertrud redete pausenlos wie ein Wasserfall.

Hedi erhob sich brüsk, schob sie beiseite und sagte: „So das reicht, wir müssen jetzt nach Hause." Ungeduldig zog sie Kirsten und Maren von den Stühlen. Den verblüfften Blick von Gertrud, glaubte sie noch im Rücken zu spüren. Sorgen machte ihr Kirstens erschrecktes Gesicht. Wer weiß, was Gertrud noch alles aufgerührt hätte durch ihr Gerede. Mit leiser, flackernder Stimme fragte Kirsten: „Hedi, wer war das? Müsste ich die kennen?

Eine unangenehme Person. Warum hat sie Christina Maren genannt? Wer ist Maren?" Kirsten hatte Hedis Arm gegriffen und blickte ihr starr ins Gesicht.

Hedi schaute sie ratlos an, ihr fiel im Moment keine passende Antwort ein. So räusperte sie sich, um dann zögerlich zu sagen: „Ja, du hast Recht, es ist eine unangenehme Person. Sie singt mit im Kirchenchor. Sie macht sich immer wichtig. Aber wir haben nichts mit ihr zu tun. Sie ist unwichtig." Sie wusste nicht mehr weiter und schaute zweifelnd in Kirstens Gesicht, ob ihr diese Erklärung schon reichte.

Dann hörten sie plötzlich die Stimme von Maren: Aber Mama Kirsten, Maren ist doch mein zweiter Vorname."

„Ach ich Dumme, wie konnte ich das nur vergessen. Ich habe doch diesen Namen selbst ausgesucht. Und du bist ihre Patin."   Fest drückte sie Hedis Hand: „Ja jetzt weiß ich es

109

wieder. Lasst uns nach Hause fahren. Für heute hatten wir genug blau."

Auf dem Hof war inzwischen Ruhe eingekehrt. Die Tante war gleich wieder abgereist. Nicht einmal ihre Tasche hatte sie ausgepackt. Ihr Herz würde die Aufregung nicht aushalten. Hedis Eltern waren auch nach Hause gefahren. Horst hatte viel telefoniert. Dank der Vermittlung vom Hausarzt hatten sie in zwei Tagen schon Termine in der Spezialabteilung des Bremer Krankenhauses. Es sollten verschiedene Untersuchungen an einem Tag gemacht werden.

„Kirsten darf aber nichts davon erfahren. Ich will nicht, dass sie sich aufregt", sagte Horst zu Hedi. Aus der Küche war schon wieder Gesang zu hören.

„Ich würde jetzt gern mit Maren nach Hause fahren. Für heute gab es genug Aufregung."

Ein Aufschrei aus der Küche, ließ sie herum fahren. „Nein, nein, ich mach das allein. Du bist noch viel zu klein dafür. Nachher verbrennst du dir noch deine Finger. Setz dich hin und schau zu, damit du was lernst."

„Aber ich wollte doch nur helfen", maulte Maren.

„Ja, Christina mein Schatz ich weiß. Aber ich verwöhne dich doch so gern. Das Rührei ist gleich fertig."

Stühle wurden gerückt, Teller klapperten und es folgte ein lautes: „Pfui, igitt, das ist ja total versalzen. Das kann ich nicht essen."

Hedi und der Bauer kamen in dem Moment in die Küche, als Maren energisch ihren Teller zurückschob.

„O Gott, was habe ich gemacht?" Erschrocken hob Kirsten ihr Hände. „Ich mache dir schnell ein Brot."

„Ach, lass nur. Ich habe keinen Hunger.

Der Eisbecher heute Nachmittag war riesig. Ich bin immer noch satt."

Kirsten starrte Maren und schrie: „Ach, haut doch alle ab. Ihr seid Ungeheuer. Ich werde nur ausgenutzt. Ich brauche euch alle nicht", dabei schwang sie ein dickes Brotbrett über ihren Kopf. Die roten Locken flogen wie Funken um ihr Gesicht. Sie knallte das Brett kräftig auf den Tisch und danach zu Boden. Mit einer Hand wischte sie alles, was sich auf dem Tisch befand, runter. Die Schüssel mit dem versalzenen Rührei, Tomaten, Käse und Butter flogen im hohen Bogen durch die Küche. Maren flüchtete zu ihrer Mutter und drückte sich ängstlich an sie.

Horst ging, nachdem er den ersten Schock überwunden hatte, zu seiner Frau und redete beruhigend auf sie ein. „Kirsten, mein Schatz, ich bin bei dir. Ich helfe dir. Keiner darf dir etwas tun. Komm, ich bringe dich nach oben. Ich glaube, heute war das etwas zu viel. Wir beide brauchen jetzt Ruhe."

Er sagte mit Absicht „Wir", damit sie sich nicht angegriffen fühlte. Mit einer Hand scheuchte er Hedi und Maren weg. Kirsten ging ruhig mit und kuschelte sich an ihn.

Nach zwei Stunden rief Horst bei Hedi an: „Ich habe noch den Arzt kommen lassen. Kirsten wollte sich einfach nicht beruhigen. Im Badezimmer hat sie alles vom Regal geschmissen. Ich hatte Angst, sie verletzt sich. Nach der Beruhigungsspritze schläft sie. Ich weiß wirklich nicht, wie es weitergehen soll. Der Arzt meinte, es könnte jederzeit wieder passieren. Er sprach von einer gespaltenen Persönlichkeit. Das könnte auch mit der Demenz zusammenhängen.

Wir müssen abwarten, was die Ärzte in Bremen sagen. Bis morgen."

„Halt," rief Hedi, „ich muss dir noch

etwas sagen. Maren wird mit meinen Eltern an die See fahren und für den Rest der Ferien dableiben. Wir können ihr das hier nicht länger zumuten. Es ist eine zu große seelische Belastung für sie. Es wäre unverantwortlich zu verlangen, dass sie weiter Christina spielt. Leicht ist uns die Entscheidung nicht gefallen. Wir haben das Gefühl, dich in Stich zulassen." Deutlich war ihr Schluchzen zu hören.

„Hedi, Hedi es ist in Ordnung. Bitte macht euch keine Gedanken. Maren ist noch viel zu jung für so eine Belastung. Es würde vielleicht bleibende Schäden bei ihr hinterlassen. Aber ich habe noch eine Bitte an dich. Komm übermorgen mit nach Bremen. Die Ärzte haben mir versichert, dass wir nicht warten müssen und die Untersuchungen schnell gehen. Wir müssen ja jedes Jahr einen Gesundheitscheck machen, wegen dem Hofladen.

So kann ich Kirsten sagen, wir verbinden den Routinecheck mit einen Einkaufsbummel in Bremen und Hedi freut sich schon darauf.
Ich würde morgen mit ihr sprechen. Was sagst du?"

„Ja, selbstverständlich komme ich mit. Kirsten ist wie eine Schwester für mich und es schneidet mir ins Herz, wenn ich sie so sehe."
Am nächsten Tag war Kirsten schon sehr früh wach und bester Laune. Sie kitzelte ihren Mann Horst wach, der noch schlaftrunken war. Sie hatte fast alles vergessen, was am Vortag passiert war. Nur an den Eisbecher erinnerte sie sich. Sie bereitete ganz normal Frühstück zu und lachte ihren Mann Horst aus, als er sagte: „Sei vorsichtig mit dem Messer."
„Ja, ja," meinte sie „ich bin ja schon ein großes Mädchen. Wo ist Christina? Schläft sie noch?" Mit großen fragenden Augen schaute Kirsten ihren Mann an.

„Aber es sind doch Ferien und sie ist seit heute im Ferienlager auf Rügen. Das hast du wohl vergessen." Innerlich zitterte Horst vor Anspannung. Würde Kirsten die Erklärung annehmen? In der Nacht hatte sich Horst überlegt, was der Wahrheit am nächsten käme und Kirsten nicht aufregen würde.

„Ach, ich Dumme. Natürlich das Ferienlager auf Rügen. Wir haben doch so oft darüber gesprochen. Wo habe ich nur meine Gedanken?" Kirsten schüttelte ihren Kopf und klopfte sich an die Stirn.

Horst seufzte erleichtert auf. Kirsten hatte es akzeptiert, ohne zu fragen wo denn auf Rügen.

Ludwig

Ludwig war ein Jahr älter als Maren. Sie kannten sich seit der Schulzeit. Als kleine Kinder hatten sie keinen Kontakt, da seine Mutter mit ihm sehr zurückgezogen, auf einen kleinen Hof lebte. Er war Einzelgänger. Allerdings nicht ganz freiwillig. Die meisten Klassenkameraden mieden ihn. Er hat ein schlechtes Elternhaus, sagten die Erwachsenen.

Sein Vater wäre stiften gegangen und hätte seine Mutter mit einem großen Sack Schulden sitzen lassen. Ludwigs Mutter Selma war damals die Schönste im Dorf. Ihr Vater hatte den besten Hof in der ganzen Umgebung. Ihre Eltern hätten es am liebsten gesehen, wenn sie einen aus dem Nachbardorf genommen hätte. Am besten einen, dessen Felder an die ihren grenzten. Aber Selma war ein verwöhntes eingebildetes Ding. Sie verhöhnte die jungen Burschen. Sie waren ihr alle zu dumm und dreckig. Und alle hatten sie diesen Stallgeruch an sich. Sie wollte was Besseres, einen aus der Stadt. Ludwigs Vater war Vertreter für Landmaschinen und ein Weiberheld. Ausgerechnet den angelte sich Selma.

Ihre Eltern waren entsetzt und wollten, dass auf keinem Fall zulassen. Alles war schon geplant, dass Selma für eine längere Zeit zu einer Tante fahren sollte. Da eröffnete ihnen Selma, dass sie schwanger wäre. Schnell wurde geheiratet.

Ihre Eltern haben diesen Schlag nie überwunden. Was hatten sie nicht alles aufgebaut mit ihrer Hände Arbeit. Sie benutzten schon damals keinen Kunstdünger. Ihre Kühe holten einen Preis nach dem anderen. Sie hatten viel Land und bebauten die Felder nach Demeter. Ein um das andere Jahr eine andere Fruchtfolge auf den Feldern und für ihre Tiere nur das Beste, nämlich keine Chemie.

Nach der Hochzeit spielte Selma noch mehr die feine Dame und rührte auf dem Hof keinen Handschlag mehr. Mit Baby Ludwig war sie überfordert. Den Namen hatte sie für ihn ausgesucht, weil sie angeblich die Musik von Ludwig von Beethoven liebte. Aber nur >Freude schöner Götterfunke< kannte. Was sie oft und laut abspielte.

Ihre Eltern kümmerten sich um Klein Ludwig. Zwei Jahre nach Selmas Hochzeit starb ihre Mutter. Der Vater vier Jahre später. Solange die Eltern von Selma noch lebten, lief alles wie am Schnürchen. In ihrem Hofladen, dem besten weit und breit, verkauften sie Eier und Fleisch von ihren eigenen Tieren und belieferten noch einige Gasthöfe in der Umgebung. Nach dem Tod des Bauern gab Selmas Mann Eckardt sofort seine Arbeit auf

und spielte den Chef. Für den Hofladen stellte
er eine junge hübsche Verkäuferin ein. Weil
Selma nicht so schwer heben durfte. Die
anderen Angestellten merkten schnell, dass
Eckardt keine Ahnung hatte und nur ein Groß-
maul war. Sie machten nur noch das Nötigste.

Derweil saß der im Dorfkrug,
knobelte und trank. Ab und zu trieb es ihn für
Tage an seine früheren, angeblichen Erfolgs-
plätze als Vertreter. Abgerissen und pleite
kam er zurück. So lief es noch fast vier Jahre.
Nach und nach ging es bergab mit dem Hof.
Als Erstes schlossen sie den Hofladen. Die
Käufer wollten ein Gesamtpaket, gute Ware
und einen netten Schnack, dafür waren sie
auch bereit etwas mehr zu bezahlen.

Selma, die mit im Laden bedienen
musste, da sie die junge hübsche Verkäuferin
rausgeschmissen hatte, nachdem sie Eckardt
mit ihr beim Knutschen erwischt hatte, war

jedoch hochnäsig. Dass sie nun die Kunden bedienen sollte und das auch noch mit lächelndem Gesicht, nein das war zu viel. Als dann auch noch die Auswahl immer geringer und die Qualität immer schlechter wurde, blieben die Kunden weg. Eckardt zog wieder in der Gegend umher und war kaum mehr auf dem Hof anzutreffen.

Am zehnten Hochzeitstag platzte dann die Bombe. Er hatte bei der Bank zusätzlich zur Hypothek einen Kredit aufgenommen und den nicht bedient. Die Bank kam zu Selma. Es mussten viele Grundstücke verkauft werden. Nur vier kleine Felder in der Nähe des Hauses blieben ihnen noch. Die wurden verpachtet. Die besten Felder hatten die Bauern aus der Nachbarschaft gekauft. Auch die Eltern von Horst hatten zugekauft. So hatte Selma wenigstens keine Schulden mehr, aber auch keinen Eckardt. Denn der war weggefahren und keiner wusste, wo er geblieben war. Er hatte sich quasi in Luft aufgelöst.

Ludwig war damals zehn Jahre, als der Vater die Familie verließ. Seine Mutter hatte sich völlig verbittert von den Menschen zurückgezogen. Alle hatten Schuld, nur sie und Eckardt nicht. Die anderen waren alle nur neidisch gewesen, war ihr Credo, die haben uns unser Glück nicht gegönnt. Andere Tage wieder schimpfte sie über ihren verschwundenen Mann und mit Ludwig. Wenn er auf ein Dorffest wollte, obwohl er sich auch da abseits hielt, musste er sich schon tagelang davor Gemecker anhören. „Du wirst wie dein Vater."

Aber das war es ihm wert, da konnte er doch Maren sehen. Wie schön sie aussah, wenn sie sang und tanzte. Schon als Schuljunge war in sie verliebt. Oft wurde er von seinen Schulkameraden bei diesen Festen beschimpft: „Pleiteheini, Schwächling,

Verlierer." Das war ihm egal, Hauptsache er konnte Maren sehen. Meistens steckte sie mit einem Rudel Mädchen zusammen. Ihre Brüder waren immer in ihrer Nähe und passten auf. Auch die anderen Mädchen lästerten über Ludwig. Aber Maren sagte nie etwas Abfälliges über ihn. Im Gegenteil: „Lasst ihn doch in Ruhe. Er hat euch doch nichts getan. Er hat es doch schon schwer genug."

Dafür betete Ludwig Maren an, er hätte alles für sie getan. Manchmal, wenn sie bei schlechtem Wetter im Bus zurückfuhren, konnte er Maren einen Pfefferminz anbieten. Er hatte immer eine kleine Dose davon bei sich, weil er wusste, dass Maren die gern aß. Mit zierlichen Fingern nahm sie eins aus der Dose und lutschte es genüsslich.

„Du bist ein richtiger Kavalier", hatte sie erst vor kurzem zu ihm gesagt. Ludwig konnte sie immer nur bewundernd anschauen, in seinen

Augen war sie eine Fee und so schlau. Sie wählte Worte, die ihm im Traum nicht einfallen würden. Wer sagte denn heute noch „ Kavalier" und das zu einem Bauernburschen.

Für diesen Sommer hatte er sich extra Geld zusammengespart, weil er hoffte, Maren im Schwimmbad zu treffen. Ganz generös wollte er sie zu einem Eis einladen. Er hatte lange vorm Spiegel geübt, was er sagen wollte. Zum Schluss gelang es ihm ohne Stottern. „Such dir aus, was du möchtest, egal was es kostet."

Ja, und dann kam die Show von Kirsten dazwischen. Er war Maren an dem Tag heimlich gefolgt. Sie anzusprechen wagte er nicht. Jeden Tag, versuchte er einen Blick auf Maren zu erhaschen und wenn nur für einige Minuten. Sobald er sah, dass es ihr gut ging, war er glücklich. Zufällig hatte er am Tag zuvor gesehen, wie Maren sich in den Obstgarten schlich. Über die hinteren Wiesen war er ihr vorsichtig gefolgt. Dadurch hatte er mitbekommen, wie Maren Kirsten im Gras entdeckt hatte. Durch den lauten Ruf von Maren;

„Oh Mama Kirsten" hatte er sich erschreckt und war auf einen Ast getreten. Das Geräusch tönte in seinen Ohren so laut wie ein Schuss. Aus Angst vor Entdeckung lief er schnell davon. Die ganze Nacht grübelte er, was passiert war und ärgerte sich, dass er nicht geblieben war. So radelte er am nächsten Nachmittag wieder zum Hof. Als er sah, wie die drei mit dem Auto zum Schwimmbad aufbrachen, fuhr er gleich hinterher. Jetzt ist die Gelegenheit, dachte er.

Das Erlebnis würde er nie vergessen, genauso wie fast alle aus dem Dorf und Umgebung. Nach Jahren war es noch das Gesprächsthema. „Erinnerst du noch den Sommer, als Kirsten wie ein bunter Vogel ins

Schwimmbad flog? Wie schrecklich traurig, was später passierte."

Allgemeines Kopfschütteln folgte, aber einige Oberschlaue wussten es angeblich schon immer, dass es mit der rothaarigen Hexe nicht gutgehen konnte.

Die Menge johlte und klatschte, als Ludwig zum Schwimmbecken kam. Viele fotografierten und verschickten die Bilder gleich an ihre Freunde. Wütend hatte sich Ludwig einen Weg zu Kirsten und Maren gebahnt. Er half den beiden aus dem Wasser. Maren bemerkte nicht, wer ihr half. Sie war so sehr um Kirsten bemüht, dass sie von ihrer Umwelt nichts mitbekam. Ludwig herrschte die Gaffer an, die einen engen Kreis gebildet hatten.

„Los, macht Platz, es ist nichts zu sehen."

Er wuchs über sich hinaus und fühlte sich wie Batmann. Die Menge reagierte verdutzt und ging erstaunt zur Seite.

Inzwischen war Marens Mutter da und führte Kirsten weg. Maren hatte ihn jetzt erkannt. Ihr leises Danke ließ ihn vor Freude schweben. Er konnte sein Glück kaum fassen. Maren hatte seine Hand gedrückt und sich bei ihm bedankt. Er würde für immer ihr Held sein, da war Ludwig sich sicher. Leider war dieser Sommer der Beginn der großen Tragödie, die in eiligen Schritten herannahte. Aber zu diesem Zeitpunkt konnte noch keiner ahnen, was sie erwartete.

Kirsten erinnert sich.

Die Untersuchungen in Bremen waren anstrengend. Sie zapften Kirsten mehrere Kanülen Blut ab. Sie horchten sie ab und beklopften sie. Das kannte Kirsten schon von früheren Untersuchungen und sie ließ alles mit einer erstaunlichen Ruhe über sich ergehen. Sie bestand darauf, Hedi musste bei ihr sein. Auch beim EKG gab es kein Problem.

Erst als sie in die Röhre sollte, wurde sie bockig. „Ich gehe nur, wenn Hedi mit geht." Je mehr sie auf sie einredeten, desto mehr verschloss sie sich. Hedi hatte dann die rettende Idee. „Ich rede die ganze Zeit mit dir. Dann bin ich dir ganz nah", versicherte sie Kirsten. Die ganze Zeit sprach sie beruhigend auf Kirsten ein und erinnerte sie an den Einkaufsbummel, den sie machen wollten.

„Später gehen wir dann ins Café. Gleich um die Ecke gibt es ein kleines gemütliches. Ich kenne es noch von früher", erklärte sie ihr. „Du kannst dir schon mal überlegen, welche Torte du dir bestellen willst. Ich werde Himbeerbaiser nehmen."

Kirsten war durch die beruhigenden Worte fast eingeschlafen und kam wie in Trance aus der Röhre. Etwas abwesend nahm sie zur Kenntnis, dass alle Untersuchungen abgeschlossen waren und sie mit dem Professor sprechen könnten. Still und in sich gekehrt ging sie zu Horst und umarmte ihn fest. „Die Ergebnisse musst du allein mit dem Professor besprechen. Ich habe alle Vollmachten unterschrieben. Ich habe keine Kraft mehr. Hedi und ich werden jetzt Kaffee trinken. Wir treffen uns in einer Stunde vor der Klinik."

Horst schaute sie erstaunt, aber erleichtert an. So konnte der Professor offen reden.

Horst brauchte keine Angst haben, dass Kirsten zusammenbrach. Er spürte eine große Beklemmung. Was wusste Kirsten, welche Gedanken gingen ihr durch den Kopf? Vergaß sie wirklich alles?

Klare Ergebnisse konnte der Professor noch nicht geben. Erst wenn alles ausgewertet wäre, könnte er mehr sagen. Der Professor empfahl auf jeden Fall einen Psychiater hinzuzuziehen. Vielleicht waren bei Kirsten schreckliche Erlebnisse in ihr Unterbewusstsein verdrängt worden. Wenn sie sich davon befreien könnte, wäre das für die weitere Behandlung zum Vorteil. Fürs erste verschrieb er leichte Beruhigungstabletten, damit könnte man den Anfällen vorbeugen. In einer Woche wüsste er mehr und man könnte mit einer Therapie beginnen.

Kirsten fasste Hedis Hand, als sie das Krankenhaus verließen. Zielstrebig zog sie Hedi nach links. „Aber das Café ist auf der rechten Seite", protestierte Hedi.

„Warte ab. Ich zeige dir ein wunderschönes gemütliches Café aus meiner Kindheit. Da war ich oft mit meinen Eltern. Hoffentlich gibt es das noch. Ich war ewig nicht hier."

Sie bogen um mehrere Ecken. Hedi wusste nicht mehr, wo sie sich befanden. Aber Kirsten schien sich genau auszukennen. „Da", sagte sie träumerisch, „es ist noch da."

Als sie eintraten, musste Hedi schlucken. Das kleine Café war wie aus der Zeit gefallen. Die Fenster zierten kleine halbhohe Spitzengardinen. Die bequemen Stühle hatten Armlehnen und waren mit weichem Stoff bezogen. Hier konnte man seine Seele baumeln lassen und die hektische Zeit draußen vergessen. Jemand hatte die Uhr angehalten. Hier bekam man keinen Kaffee to go.

Aufseufzend setze sich Kirsten: „Schau, Hedi,

ist es nicht schön hier. In der Röhre sind mir urplötzlich Erinnerungen gekommen. Erlebnisse, die ich als Kind hatte nach dem Tod meiner Eltern. Es waren nur Bruchstücke. Ich muss versuchen, sie mit Tante Gisa wieder zusammenzusetzen. Ich hatte das Gefühl, jemand schaut in meinen Kopf."

Hedi schaute Kirsten gespannt an. Sie wirkte vollkommen klar. „Lass dir Zeit. Meistens gibt es gute Gründe, warum man etwas verdrängt. Das Gehirn bietet diesen Schutz an, wenn der Schmerz zu groß ist, weil wir sonst nicht weiterleben könnten. Jetzt essen wir erst einmal ein großes Stück Torte. Ich nehme Himbeersahne mit Baiser. Was möchtest du? Schwarzwälder Kirsch?"

„Nein, für mich soll es heute Eierlikörtorte sein, mit einer Extraportion Sahne. Als Kind durfte ich bei der Lieblingstorte meiner Mutter probieren. Mein Vater zog dann immer die Augenbrauen hoch, aber meine Mutter sagte dann: „Ach lass sie doch, Eierlikör ist kein Alkohol. Ja, heute muss es Eierlikörtorte sein", setzte Kirsten energisch nach.

Hedi schaute sie erstaunt an. So energisch hatte sie Kirsten lange nicht mehr erlebt. Vorsichtig fragte sie: „Hast du viele Erinnerungen an deine Eltern? Du warst ja noch so klein als sie starben."

„An meine Mutter kann ich mich gut erinnern. Sie war immer lustig und hat manchmal völlig verrückte Sachen gemacht. Mein Vater liebte sie abgöttisch. Er war Lehrer und machte nicht viele Worte. Jeden Abend hat er mir eine Geschichte vorgelesen. Erst später in der Schule bemerkte ich, er hat die Geschichten aus der Antike kindgerecht umgewandelt. Das Vorlesen habe ich nach seinem Tod am meisten vermisst." Kirsten schob sich ein großes Stück Torte in den Mund und schloss genüsslich die Augen.

Ah", sagte sie leise „der Geschmack ist genau wie damals. Ich könnte ebenso mit meinen Eltern hier sitzen. Meine Tante Gisa, bei ich danach lebte, war sehr gut zu mir. Sie hat alles für mich getan. Wie für eine Tochter. Aber ihr Mann war schrecklich."

Hedi fiel auf, dass Kirsten nicht sagte Onkel, sondern verächtlich ihr Mann. War da etwas passiert? Lag da der Schlüssel für Kirstens Qual?   „Ja," wiederholte Kirsten, „Tante Gisa hat wirklich alles für mich getan. Ohne sie würde ich nicht leben." Fast tonlos hatte sie den letzten Satz gesagt. Sie achtete nicht mehr auf Hedi. Sie war in sich versunken und knetete ihre Finger. Einige Male begann sie einen Satz, ließ ihn aber unvollendet. „Erst nach seinem Tod war es gut", murmelte sie. „Ich weiß nicht, was sie getan hat. Er war Dorfpolizist. Jeden Samstag ging er in den Dorfkrug. Dann hatte er einen schlimmen Autounfall. Wie immer war er besoffen. Das Auto hat gebrannt. Nichts blieb. Danach lebten wir ohne Angst. Da war alles gut." Tief seufzte Kirsten auf, und stopfte schnell den Rest Torte in ihren Mund.

„Komm", sagte sie hastig und zog Hedi hoch. „Es wird Zeit, wir müssen zu Horst."

Plötzlich taumelte Kirsten und Hedi konnte sie gerade noch auffangen und stützen. Sanft führte sie Kirsten auf die Straße.

„Er war ein Schwein, ein verdammtes Schwein", Kirsten schrie es fast.

Zwei Passanten drehten sich erschrocken um. Seit Jahren musste in ihr eine gewaltige, verschüttete Wut brodeln. Beim Auto angekommen, schüttelte Hedi mit dem Kopf auf Horsts fragenden Blick und schob ihn beiseite.

Auf dem Rücksitz deckte sie Kirsten zu und sprach beruhigend auf sie ein. Sie summte ein altes Schlaflied, wie sie es bei Maren immer gemacht hatte. Im Nu war Kirsten eingeschlafen, sie war vollkommen fertig.

Wie konnten sie ihr nur helfen? Was hatte der Onkel ihr damals angetan? Sie will ihn auf keinen Fall so nennen. Sie erstickt schon fast an dem Wort, der Mann meiner Tante, dachte Hedi. Ich muss noch einmal mit der Tante sprechen. Sie hat uns vieles verschwiegen, viel mehr als sie zugibt. Ich werde mir die Tante vorknöpfen und wenn ich sie für die Wahrheit foltern muss.

Hedi hoffte darauf, dass Kirsten alles, was passiert war, erst einmal wieder vergessen würde. Die Rückfahrt verschlief Kirsten komplett. Hedi und Horst hatten nur ein paar Worte gewechselt. Sie hingen ihren Gedanken nach. Zuhause trug Horst seine Frau gleich ins Schlafzimmer. Kirsten war wie in einem Dämmerzustand. Einmal glaubte Horst bei ihrem Gemurmel: „ Er war ein Schwein", verstanden zu haben. Aber er war sich nicht sicher.

Hedi fuhr noch am selben Abend zur Tante. Erst nach mehrmaligen Klingeln und Klopfen, öffnete die. Sie war im Pyjama und sah verweint aus. Resignierend bat sie Hedi rein.

„Ich habe schon damit gerechnet, dass du noch einmal kommst. Ich hätte lieber gleich alles erzählen sollen. Aber ich schämte mich so."

„Mir ist es völlig egal, was du getan hast. Ich will wissen, was dein Mann Kirsten angetan hat. Es muss ein schreckliches Erlebnis gewesen sein, dass sie ganz tief in sich vergraben hat. Nur manchmal kommen jetzt Bruchstücke hoch. Also rede!"

Die Fäuste geballt, stand Hedi zitternd vor ihr. Die Tante hatte den Kopf gesenkt und sprach leise. Zu leise für Hedi. Sie stupste sie an und sagte unwirsch: „Sprich lauter, ich kann dich nicht hören. So kommen wir nicht weiter."

Da richtete die Tante sich auf.

„Du hast Recht, der Zeitpunkt ist gekommen reinen Tisch zu machen. Mein Mann war ein schlechter Mensch. Ich hätte mich von ihm trennen sollen. Bei der kleinsten Kleinigkeit hat er mich geschlagen und gequält. Lange schon bevor Kirsten zu mir kam. Jeden Tag hat er mich beschimpft, als taube Nuss und leere Hülle, die keine Kinder bekommen kann. Dabei war er es, der keine Kinder wollte und hatte das gleich am Anfang klargestellt. Ich hätte mit Kirsten im Haus meines Bruders bleiben sollen. Aber leider habe ich sie mit hierher genommen."

Mit zitternder Handbewegung zeigte sie einmal im Wohnzimmer herum.

„Ich hatte mir wohl erträumt, wenn da so ein kleiner hilfloser Mensch ist, dass er sich ändern würde. Aber im Gegenteil. Er wurde noch bösartiger. Jetzt schlug er noch öfter zu. Oft sogar vor Kirstens Augen. Es war ihm alles egal in seiner Wut. Einmal hatte er mich so heftig geschlagen, dass Kirsten schreiend, mitten in der Nacht, rausgelaufen ist. Im Garten des Nachbarn hat er sie gefunden. Vor dem Nachbarn behauptete er frech, sie hätte einen Alptraum gehabt. Er deutete an, sie wäre nicht ganz richtig im Kopf. Wobei er ihr mit seinem Knöchel einige Male auf den Kopf klopfte."

Die Tante hatte die ganze Zeit mit ihren Händen ein Sofakissen zerknüllt, geradege-rückt und wieder zerknüllt. Ihre innere Anspannung und Wut reagierte sie an dem Kissen ab. Hedi merkte, auch die Tante war nicht mit den Ereignissen fertig geworden.

„Inzwischen hatte ich mir etwas Geld beiseitegelegt und wartete nur auf eine

Gelegenheit, um mit Kirsten wegzugehen. Ich selbst hatte kein Konto und an Kirstens Geld kam ich nur über den Vormund heran. Wenn mein Mann zur Arbeit ging und an den Abenden, wenn er zum Dorfkrug fuhr, schloss er uns ein. Ich wusste egal, was und wem ich etwas sagen würde, mir hätte keiner geglaubt. Er war doch die Polizei und ein Polizist tut so etwas nicht. Kirsten hatte nach dem schlimmen Erlebnis ins Bett gemacht und er hatte es mitbekommen. Danach quälte er sie mit Worten, Bettpisserin, Idiotin und drohte ihr, wenn sie ein Wort in der Schule sagen würde, würde er allen erzählen, dass sie eine Bettnässerin sei. Kirsten hat sich so geschämt und ich musste ihre Qual mit ansehen. Ich weiß, sie hat nicht ein Wort gesagt. Das habe ich von der Lehrerin erfahren, die mich anrief, weil Kirsten fast gar nicht mehr sprach.
Auch bei mir war sie völlig verstummt.

Ich habe auf sie eingeredet und versucht, zu ihr durchzudringen. Ich bat sie um Verzeihung und Geduld. Ich habe ihr versprochen, ich würde dafür sorgen, dass alles wieder gut wird. Aber ich müsste den richtigen Zeitpunkt abpassen. Es half nichts. Sie hat sich wie eine Schnecke in sich verkrochen.

Eine Woche nach seinem schlimmsten Ausfall wurde er nachlässig. An einem Samstagabend, als er zum Dorfkrug fuhr, vergaß er, uns einzuschließen. Es war ein wunderbarer Sommerabend. Kirsten und ich saßen auf der Terrasse. Kirsten hielt die Holzfigur, die ihr Vater geschickt hatte, umklammert. Sie sprach leise auf sie ein und streichelte sie. Ich bekam nur Wortfetzen mit. Aber konnte mir doch alles zusammenreimen. Sie bat die Figur um Hilfe, da die ja die Macht hatte, sie zu beschützen.

„Du m*usst was tun. Er kneift mich immer.*

Tante Gisa weiß es nicht. Bitte mach, dass er tot ist. Bitte hilf!"

Das war sinngemäß, was ich hörte und ich hatte das Gefühl, er hätte mich soeben verprügelt. Er hatte also Kirsten gekniffen, so fest, dass sie blaue Flecke bekam. Ich hatte sie gesehen und zur Antwort bekommen, sie hätte sich gestoßen. Sie schämte sich genau wie ich und hatte schon die gleichen Ausreden parat. Ich habe mich gestoßen, ich bin gefallen oder gegen eine Tür gelaufen. Das war für mich der Zeitpunkt, dass ich handeln musste, so durfte das nicht weitergehen. Und ich musste schnell sein. Er hatte vergessen, uns einzuschließen. Wer weiß, wann er es wieder mal vergessen würde und was für Gemeinheiten ihm noch einfallen würden. Noch am selben Abend bin ich mit dem Fahrrad zum Dorfkrug gefahren.

Wie immer würde er besoffen nach Hause

fahren. Ich kenne mich mit Autos gut aus. Mein Vater hatte eine Werkstatt. Den Rest kennst du. Aber das mit dem Auto werde ich nie zugeben. Das sage ich nur dir. Du kannst mich verurteilen, das ist mir egal, denn danach hatten wir endlich eine gute, glückliche Zeit. Wir lebten ohne Angst. Leider habe ich versäumt und das werfe ich mir heute noch vor, Kirsten alles zu erklären. Sie war der Meinung, die Figur hätte ihre Wünsche erhört. Ich habe ihr erklärt, dass der Onkel betrunken war und deswegen gegen den Baum fuhr. Sie hat mir nicht geglaubt. Jeden Abend hat sie sich bei Holzfigur bedankt."

Hedi atmete erleichtert auf, als sie nach Hause fuhr. Gott sei Dank war Kirsten nicht missbraucht worden. Schlimm genug, dass sie die Schläge erleiden musste. Und das so kurz nach dem Verlust ihrer Eltern. Aber konnte dadurch ein so schweres Trauma

entstehen, dass es einen bis ins Erwach-
senenalter verfolgte?

Sie musste Horst alles berichten, damit
er den Ärzten mehr Informationen aus Kirstens Vergangenheit geben konnte. Die mussten entscheiden, wie es weiter gehen sollte.

Erschöpft nach diesen Tag voller
schrecklicher Ereignisse fuhr Hedi nach
Hause. Morgen, ja morgen musste sie mit
Horst reden.

Am nächsten Morgen reagierte Horst
fast teilnahmslos auf ihre Erklärung. Seine
Miene verriet nichts von seinen Gedanken. Mit
abwehrender Handbewegung sagte er: „Was
denn noch alles? Wie soll ich mit alldem fertig
werden?" Mit resignierter Miene setzte er sich
ins Auto und fuhr auf die Felder.

Maren hat Heimweh.

Nachdem Marens Großeltern eine Woche mit ihr auf Rügen verbracht hatten, rief die Großmutter verzweifelt an. „Maren ist wütend auf uns und auf dich. Sie sitzt fast ständig in ihrem Zimmer und hat die Kopfhörer auf. Mit an den Strand will sie nicht, obwohl das Wetter traumhaft ist. Spazieren gehen ist ihr zu langweilig. Mit Opa Rad fahren ist uncool und essen will sie nur Pommesfrites rot-weiß und Eis. So sitzen wir fast ständig drinnen und warten, dass Madam ihr Zimmer verlässt.

Gestern habe ich sogar Kartoffelpuffer gemacht, ihr Lieblingsessen. Da hat sie kräftig zugelangt. Aber kein Dankeschön, nichts. Nur die Ansage: *„Ihr könnt mich nicht beste-chen. Ich will nach Hause. Ich habe Heimweh nach Kirsten. Ich habe sie geheilt.“*

„Stell dir vor, sie glaubt das wirklich. Wir wissen nicht mehr, was wir machen sollen. Du musst ihr mal gehörig den Kopf waschen."

„Ja", antwortete Hedi, „sie kann ein fürchterlicher Dickkopf sein. Gib sie mir mal."

Bei dem Gespräch mit Maren merkte Hedi schnell, dass jedes Wort vergebens war. Maren hörte überhaupt nicht zu. Sie sagte immer wieder, wie eine Schallplatte mit Sprung: „Ich will zu Mama Kirsten. Nur ich kann ihr helfen. Warum glaubt mir denn keiner? Ich werde nicht hierbleiben. Wenn ihr mich nicht abholt, laufe ich weg."

Hedi bat sie, noch eine Woche auszuhalten, da Kirsten noch einige Untersuchungen über sich ergehen lassen musste. Hedi wusste sonst keine Argumente anzuführen. „Nur noch eine Woche, länger bleibe ich nicht", stellte Maren bockig klar.

„Bitte mache es den Großeltern nicht so

schwer. Sie wollen nur das Beste."

„Ja, blah, blah, blah. Immer nur das Beste. Ich kann das nicht mehr hören". Maren legte einfach auf. Hedi war vollkommen perplex. Was bildete sich die kleine Kröte ein. Sie rief noch einmal bei ihrer Tochter an, wurde aber sofort weggedrückt. Warte, mein Fräulein, wenn du nach Hause kommst, dann wirst du schon sehen, ob du dich so aufspielen kannst, dachte sie. Aber das, was Maren machen würde, damit hätte sie nie gerechnet. Keiner hätte das erwartet.

Noch am selben Abend nahm Maren das Handy der Großeltern an sich und rief bei Kirsten an. „Bitte Mama Kirsten, du musst mich hier abholen. Ich habe so schreckliches Heimweh. Ich halte es hier nicht aus. Bitte, bitte hole mich hier ab. Ich möchte so gern bei dir sein."

Aufgeregt fragte Kirsten: „Aber was ist denn

los? Ist es denn so schrecklich im Ferienlager? Die Ferien sind doch bald vorbei. Ich
weiß gar nicht, wie ich zu dir kommen soll. Ich
bin auch immer noch sehr schwach."
Lautes Weinen unterbrach Kirsten.

„Aber Mama Kirsten, hast du mich denn
nicht mehr lieb? Du kannst doch mit dem Auto
kommen. Du fährst so gut Auto. Morgen Mittag warte ich auf dich am Bahnhof Binz. Das
Navi leitet dich. Sonst laufe ich hier weg",
setzte sie drohend hinzu.

Kirsten war entsetzt, was machten die
mit ihrer Christina? Man hörte ja so oft, dass
Kinder in den Ferienlagern gequält wurden.
Ihre Gedanken wirbelten durcheinander. In
welchem Ferienlager ist Christina eigentlich?
Keiner hatte ihr was Genaues gesagt oder
hatte sie es vergessen? Nein, nur von Rügen
war die Rede. Ich kann noch nicht einmal
anrufen und fragen. Ob ich Hedi frage?

Aber woher sollte Hedi Bescheid wissen, es ist ja nicht ihre Tochter. Was hatte Christina gesagt? Morgen Mittag will sie am Bahnhof von Binz warten? Ja ich werde nach Rügen fahren. Christina hat Recht, ich bin eine gute Autofahrerin. Das Navi wird mir den Weg weisen. Wie schlau meine Christina doch ist. Ich werde morgen ganz früh heimlich losfahren, nahm sie sich vor.

Beim Abendessen war Kirsten wieder ruhig, aber etwas abwesend, wie seit ihrer Untersuchung fast ständig. Ab und zu ging sie schon wieder in den Hofladen und hatte ihren Haushalt dank Hedis Hilfe wieder voll im Griff.

Als sie jetzt einmal tief aufseufzte, fragte Horst sie vorsichtig. „Was hast du, mein Schatz? Geht es dir nicht gut?"

„Doch, doch", antwortete Kirsten schnell. Der Seufzer war ihr unbewusst entglitten.

Sie hatte an Christina gedacht und an die

Fahrt nach Rügen. „Die Wahrheit ist, ich habe große Sehnsucht nach Christina. Wann kommt sie zurück?"

Horst schluckte. Was sollte er antworten? Er wusste ja nicht, wie es weiterging. Wie sollten sie Kirsten beibringen, das Maren nicht ihre Christina war? So antwortete er nur vage: „Die Ferien sind in drei Wochen zu Ende."

Kirsten schien sich mit der Antwort zufrieden zugeben. Ganz früh am nächsten Morgen schlich sich Kirsten aus dem Haus und fuhr los. Sie fuhr mit klarem Kopf, so als wenn es nie Aussetzer oder Anzeichen von Krankheit gegeben hatte. Unterwegs dachte sie sogar ans Tanken und kaufte sich ein belegtes Brot. Dem Kioskbesitzer schenkte sie ein bezauberndes Lächeln. Der schaute hinter ihr her und dachte, wow, was für eine schöne Frau mit ihren roten Locken. So etwas sah er nicht alle Tage. Kirsten war euphorisch. Sie stellte das Radio laut und sang mit. Sie fühlte nicht einen Moment der Unsicherheit. Nur ein Gedanke beherrschte sie: Ich hole Christina nach Hause.

Horst bemerkte Kirstens Weggang erst relativ spät. Seit langer Zeit hatte er mal wieder tief und fest geschlafen. Das lag sicher an den Beruhigungspillen, die Kirsten ihm heimlich unter sein Essen gemischt hatte. Er fühlte sich ausgeruht und rief fröhlich nach Kirsten. Erst nachdem er alles abgesucht hatte und sie nirgends fand, wurde er unruhig. Nachdem er feststellte, dass das Auto fehlt, stieg bei ihm Panik hoch. Ihm schwante Entsetzliches. Kirsten war nicht sie selbst und nur bedingt zurechnungsfähig. Was konnte alles passieren beim Autofahren? Wohin sie wollte, war ihm klar. Aber diese weite Strecke allein und in ihrem Zustand war lebensgefährlich.

Er rief bei Hedi an, vor Aufregung brachte er keinen vernünftigen Satz zustande. Nachdem Hedi endlich verstand, was los war, versuchte sie ihn zu beruhigen.

„Du musst ruhig bleiben. Im Moment können wir nichts tun. Vielleicht hat sie gerade ihren klaren Moment. Ich rufe sofort bei meinen Eltern an, damit sie mit Maren sprechen. Wir müssen wissen, ob und was Kirsten weiß."

Durch das Gespräch mit Hedis Eltern kam Licht ins Dunkel. Gestern Abend hatte ihr Vater sein Handy vermisst. Nach langem Suchen lag es plötzlich wieder auf seinen alten Platz. Maren war ins Gebet genommen worden und hatte nach langem Leugnen zugegeben, dass sie bei Kirsten angerufen hatte. Aber sie versicherte, dass sie nichts verraten hätte und sich nur mal bei ihr melden wollte, um zu hören, ob es ihr gut ging.

„Wo ist Maren jetzt? Gib sie mir mal."

„Sie kauft gerade Brötchen zum Frühstück",
bekam Hedi zu Antwort. „Wenn sie zurück ist,
ruft sie dich gleich an. Dafür sorgen wir."

Sie warteten eine halben Stunde, dann
waren sich alle sicher, Maren kauft keine Brötchen. Ihr Opa hatte sie überall gesucht und
keiner hatte Maren gesehen. Sie war nicht
aufzufinden. Was konnten sie jetzt tun? Polizei? Was sollten sie sagen? Kirsten ist ein
bisschen Plem, Plem. Ab und zu hat sie Aus-
raster.

Für Marens Verschwinden wäre die Polizei auf
Rügen zuständig. Aber nach einer Stunde
Abwesenheit würde die Polizei noch nichts
unternehmen. So entschlossen sie sich
schweren Herzens abzuwarten. Keiner konnte
vorhersagen, was passieren würde, wenn
Kirsten sich aufgescheucht fühlte.

Wie in Trance versuchten sie die Zeit mit

Arbeit zu füllen, mit einem Gefühl der Ohnmacht. Nur nicht nachdenken, was alles passieren könnte. Alle waren so angespannt,
dass schon ein fragender Blick oder ein Wort
in einer Explosion enden könnte. So gingen
sie sich alle aus dem Weg.

Horst war traurig und wütend zugleich.
Sein Gesichtsausdruck war eine steinerne
Maske. Keiner traute sich ihm nahezu-
kommen. Niemand wollte erleben, wie er
seine Beherrschung verlieren würde.

Hedi hatte sich, in die Küche, zurückgezogen. Sie kochte und backte wie eine Verrückte und füllte eine Box nach der anderen.
Für Wochen würde der Vorrat reichen. Sie
schimpfte und weinte bei ihrer Arbeit. Noch
nie hatte sie sich so hilflos gefühlt.
Was war nur mit Maren los? Sie war sicher,
dass sie hinter Kirstens Verschwinden steckte.
Am späten Nachmittag konnte Hedi nicht

mehr stillhalten und rief wieder bei ihren Eltern an. Die hatten seit Stunden, mit einem Foto von Maren, Leute befragt. Erst vor wenigen Minuten hatten sie eine Frau getroffen, die im Bahnhofskiosk von Binz arbeitet. Die meinte sich zu erinnern, Maren gegen Mittag mit einer rothaarigen Frau gesehen zu haben. Sie hatten etwas zum Trinken und Knabbern gekauft. Sie waren sehr vertraut miteinander umgegangen. Mutter und Tochter, hatte die Frau gedacht.

Jetzt stand fest, die beiden hatten sich getroffen. Sicher hatte Maren Kirsten dazu veranlasst, da waren sich alle einig. Der Bahnhof war der Treffpunkt. Kirsten sollte glauben, dass Maren im Ferienlager war. Vielleicht hatte sie Kirsten was vorgejammert, überlegte Hedi, denn Maren konnte ein großer Egoist sein. Aber was war ihr Plan? Wo wollten die beiden danach hin?

Horst schrie laut auf, als er es erfuhr. Es hörte sich an wie ein verwundetes Tier. Mit den Fäusten schlug er wild auf das Scheunentor. „Was", schrie er „was hat sie gemacht? Hat sie Maren entführt? Wo ist sie mit ihr hin? Sie ist ja überzeugt, dass sie Christina ist. Oh nein, mein Kopf platzt gleich." Bei jedem Wort knallte er auf das Tor.

Eugen zog ihn mit Gewalt zurück, bevor er sich noch ernsthaft verletzte. Die Haut an den Knöcheln war aufgeplatzt und blutete. Langsam kam die Vernunft zurück und damit auch der Schmerz.

Hedis Knie zitterten so stark, dass sie sich außerstande sah, ihn zu verarzten. Sie bat ihren Mann, Horst zu helfen. Sie musste sich an die Scheunenwand lehnen. Kaum waren Horst und Eugen im Haus, fuhr Kirsten mit hoher Geschwindigkeit auf den Hof.

Sie betätigte Hupe und Lichthupe gleichzeitig.

Lachend stieg sie aus dem Wagen.

Etwas langsamer folgte ihr Maren, hatte aber keine schuldbewusste Miene. Im Gegenteil, Hedi sah ein triumphierendes Grinsen. Sie machte einen hochnäsigen Eindruck. Ihre ersten Worte klangen auch keineswegs verschüchtert. Mit klarer Stimme sagte sie: „Ihr könnt mich schlagen und meckern, egal was ihr macht, ich will zu Kirsten. Wenn ihr mich in ein Heim schickt, laufe ich so oft weg, bis ich bei Kirsten bleiben kann."

Die war auf halben Weg zu ihrem Mann, der aus dem Haus stürzte. Bei den Worten von Maren stoppte sie und ging zu ihr. Sie nahm sie in die Arme: „Aber natürlich bleibst du bei mir. Wer sollte was dagegen haben. Keiner kann dich mir wegnehmen. Wir sind doch eine Familie." Zusammen ging sie mit Maren zu Horst. Der stand da, mit hilflos hängenden Armen. Wie unter einem inneren Zwang hob er seine Arme und umschloss beide. So standen die drei eng zusammengepresst.

Marens Eltern hielten den Atem an. Sie wagten keine Widerworte. Dann sah Hedi, dass Maren sie unverwandt anstarrte, und mit einem triumphierenden Glitzern in den Augen sich noch enger an Kirsten und Horst drängte.

Eine heiße Welle lief durch Hedis Körper. Die in einem heftigen Stich in ihrem Herzen endete. In dem Moment wusste sie, wir haben Maren verloren. Sie hat sich gegen uns entschieden und wir können nichts dagegen tun. Hedi war einer Ohnmacht nahe und wenn Eugen sie nicht fest gepackt und zum Wagen geführt hätte, wäre sie ins Bodenlose gestürzt. Die nächsten Wochen und Monate erlebte Hedi nur wie im Nebel. In Kirstens Haus ging sie nicht mehr, nachdem Horst sie gebeten hatte, vorerst Maren bei ihnen wohnen zu lassen.

„Ich bin so froh, dass es Kirsten wieder gut
geht. Ich kann ihre Vorstellung, dass sie
Maren für Christina hält nicht zerstören. Ich
glaube, sie würde sterben, wenn sie es
erfährt. Und Maren will bei Kirsten sein. Sie tut
ihr wirklich gut. Sie ergänzen sich, als wenn
sie wirklich Mutter und Tochter sind."
Nervös trat Horst von einen Fuß auf den
anderen. Es war ihm anzumerken, dass er im
Grunde damit nicht einverstanden war.

„Stell dir vor", sagte er „die beiden
haben zusammen Möbel für ein Jungmädchenzimmer gekauft. Jeden Tag sind sie
unterwegs und kommen mit den verrücktesten
Sachen wieder. Kirsten freut sich, dass sie
Maren verwöhnen kann. Keinen Wunsch
schlägt sie ihr ab. Bitte, Hedi, ich weiß nicht,
was ich dagegen machen soll.
Kirsten ist so glücklich." Seinen Blick hielt er
gesenkt und knetete unruhig seine Hände.

Er traute sich nicht, in Hedis Augen zuschauen. Er wusste selbst, dass es nicht richtig war, was da passierte.

Hedi hörte Sätze und Worte, aber verstand nicht alles. In ihren Ohren war ein ständiges Rauschen. Nur Bruchstücke kamen klar und deutlich bei ihr an. Einiges war überlaut und klar: Maren will unbedingt bei Kirsten bleiben. *Sie sind wie Mutter und Tochter. Schlägt ihr keinen Wunsch* ab. *Jungmädchenzimmer.* Anderes rauschte so an ihr vorbei.

Den letzten Satz von Horst verstand sie allerdings überdeutlich. „Maren will, dass ihr euch alle vom Haus fernhaltet. Nur sie allein wird Kirsten heilen."

Was sollten sie machen? Gleich von Anfang hätten sie diesen Wahn unterbinden müssen. Vielleicht hätte sich Kirsten nicht in die Vorstellung so hineingesteigert, wenn sie gleich gesagt hätten, aber das ist doch Maren.

Alles hatten sie falsch gemacht. Keiner hatte sich getraut, die Wahrheit zu sagen, damit hatten sie Kirsten noch bestärkt.

Und Maren? Die genoss es, im Mittelpunkt zu stehen. Ja, Hedi konnte es sich gut vorstellen. Wer wäre in dem Alter nicht gerne eine Prinzessin? Maren spürte wohl auch die Macht, die sie über Kirsten hatte. Aber das konnte verdammt noch Mal fürchterlich schief gehen. Wie sollte das ganze enden?

Die Ferien neigten sich dem Ende zu und Hedi und Eugen mussten ihren Söhnen die Situation mit Maren und Kirsten erklären. Die reagierten ohne jedes Verständnis. Der Ältere, der in einem Jahr sein Abi machen würde und schon vernünftig war, sagte lakonisch: „Sie wird schon wieder zurückkommen. Irgendwann ist es ihr langweilig, so wie immer."

Der Jüngere hingegen, der Maren immer gern

ärgerte und über sie frotzelte, war entsetzt.

„Sie ist nicht mehr meine Schwester. Für mich gehört sie nicht mehr zur Familie. Was bildet die sich ein? Sie kann doch nicht einfach so tun, als wenn Kirsten ihre Mutter ist. Ich werde ihr schon beibringen wer sie ist."

Wütend ballte er die Fäuste. Er würde Maren schon zur Räson bringen, meinte er.

Mit beruhigenden Worten und logischen Überlegungen brachte ihn die Familie zur Ruhe. Sie durften jetzt nichts überstürzen, dafür war schon zu viel passiert. Keiner hatte einen Plan.

Sogar Marens Vater, der sonst immer einen guten Rat hatte, wusste nicht mehr weiter. Er sah allerdings viel mehr als die anderen und konnte das Mienenspiel der Menschen besser deuten. Viele meinten, stumm ist gleich dumm und wer nicht reden kann, ist taub.

Aber hören konnte Eugen sehr gut und auch

die Zwischentöne gut deuten. Es musste nicht immer alles ausgesprochen werden. Eugen war nach wie vor jeden Tag auf dem Hof. Er war unentbehrlich. Kein Traktor durfte jetzt einen Husten bekommen in der Haupterntezeit für Kartoffeln und Kohl. So hörte er viel Getuschel in jeder Ecke. Die meisten taten sich keinen Zwang an, da sie dachten: Der versteht sowieso nichts.

Dadurch war Eugen bestens informiert, was auf dem Hof vor sich ging. Und er hatte Marens hasserfüllten Augen gesehen, als sie ihn erblickte. So einen abgrundtiefen Hass hatte er noch nie bei jemanden gesehen. Und das bei seiner eigenen Tochter. Er konnte es nicht verstehen und er wusste nur zu gut, es gab keinen Weg zurück. Wie er mitbekommen hatte, waren jetzt zwei Frauen für das Haus als Hilfen zuständig. Im Hofladen bedienten nur noch Saisonkräfte.

Was häufig zu Missverständnissen führte, da nicht alle perfekt Deutsch sprachen.

Maren und Kirsten fuhren oft nach Bremen zum Shoppen. Maren wurde eingekleidet wie eine Prinzessin. Sie bekam ein Smartphone und Kirsten meldete sie zum Ballettunterricht an. Für Kirsten existierte nur noch Christina. Selbst ihren Mann vernachlässigte sie und wurde wütend, wenn er mit ihr reden wollte. Bei jedem Kontoauszug musste er feststellen, dass Kirsten wieder viel Geld abgehoben hatte. Langsam wurde er unruhig. Gewiss, sie waren nicht arm, aber ständig diese hohen Summen belasteten das Konto mehr, als gut war. Die Ausgaben für den Hof waren hoch. Und durch Kirstens Krankheit, mit den aufwändigen Untersuchungen, die nicht alle von der Kasse bezahlt wurden, zusätzlich belastet. Die Saisonarbeiter mussten noch bis Oktober bezahlt werden, erst dann kehrten sie in ihre Heimatländer zurück. Im Herbst war dann auch die Zeit, in der er das Saatgut kaufte und bar bezahlte. Solange er denken konnte, schon bei seinen Eltern, wurde immer bar bezahlt. Dadurch bekamen sie einen Sonderpreis, der auch nötig war, um den Preisdruck der Supermärkte auszugleichen.

Nachdem jetzt wieder, wegen Kirstens Einkäufen, eine größere Summe abgebucht worden war, ging er aufgeregt zu ihr. Er erwischte sie gerade noch, als sie mit Maren wegfahren wollte. Zornig fragte er sie: „Wo wollt ihr denn jetzt schon wieder hin?"

Es war Maren, die ihm schnippisch antwortete: „Du musst nicht alles wissen. Wir sind dir keine Rechenschaft schuldig."

Zu Kirsten gewandt: „Komm, steig ein, wir wollen los." Folgsam stieg Kirsten ein, kein Wort, kein Blick für ihren Mann, sie fuhren ab.

Horst konnte es nicht fassen.

Ungeduldig wartete er am Abend, dass Maren endlich ins Bett ging, damit er mit Kirsten in Ruhe sprechen könnte. Maren spürte genau, dass Horst nicht damit einverstanden war, dass Kirsten so viel Geld für sie ausgab. Als er gegen 22 Uhr Maren fragte, wann sie endlich ins Bett gehen wollte, bekam er von ihr ein hämisches Grinsen und die Zunge ausgestreckt. Mühsam konnte er seine Wut zügeln. Seine Stirnadern schwollen an und sein Gesicht rötete sich. Mit bebender Stimme sagte er: „Du gehst jetzt sofort. Es ist spät genug!"

Kirsten hatte die ganze Zeit gesummt und völlig abwesend gewirkt. Maren drehte sich zu ihr um und fragte scheinheilig: „Mama Kirsten, bist du auch der Meinung, dass ich jetzt ins Bett muss? Ich habe doch noch Ferien bis zum Ende der Woche." Dann tat sie so, als wenn sie weinen würde. Sie presste die Hände vor die Augen und ließ Geräusche hören, die wie ein Schluchzen klangen.

Erschreckt guckte Kirsten sie an und sagte liebevoll: „Aber mein Liebling, warum solltest du denn jetzt ins Bett gehen? Wir haben ja noch gar nicht besprochen, was wir morgen machen wollen."

Maren ging zu Kirsten und schmiegte sich an sie. Mit anklagender Stimme sagte sie: „Aber Horst hat mir befohlen, ins Bett zu gehen. Ich möchte aber so gern bei dir sein."

Abwesend schaute Kirsten zu Horst und sagte: „Hör nicht auf ihn, der hat dir gar nichts zu sagen."

Horst war fassungslos. Was hatte Maren mit Kirsten angestellt? Seine wunderbare Kirsten war wie ein Zombie. Wo sollte das alles noch enden? Zwei Tage später sah Horst, Maren hatte einen E- Roller. Fröhlich drehte sie ihre

Runden auf dem Hof und Kirsten klatschte begeistert. Da platzte ihm der Kragen, alle auf dem Hof hörten sein Schreien. Er konnte einfach nicht mehr an sich halten. Er packte Kirsten an den Oberarmen und schrie sie an: „Bist du jetzt total verrückt geworden? Wieso kaufst du ihr einen E- Roller? Ein normales Fahrrad tut es nicht mehr? Wer soll das denn alles bezahlen?"

Kirsten wirkte keineswegs erschreckt, im Gegenteil, sie ging gleich in Abwehrhaltung. „Christina braucht sonst zu viel Zeit für den Schulweg. Aber sie will doch schnell bei mir sein. Sie hat mich schon gewarnt, dass du überreagieren würdest. Du gönnst ihr das alles nicht." Mit einen Ruck löste sie sich und wollte ins Haus.

Aber dieses Mal wollte Horst nicht klein beigeben und griff wieder nach ihr. Sanft zog er sie an sich. Seine Wut war inzwischen verraucht. Leise sprach er auf sie ein.

„Kirsten, so kann es doch nicht weiter gehen.
Du lässt dich manipulieren. Mit mir sprichst du
nicht mehr. Du hörst nur noch auf das Kind.
Wir sind doch ein Paar. Bitte, wir müssen in
Ruhe reden. Komm, steig ein, wir fahren an
die See. Nur wir beide. Dann können wir alles
klären."

Kirsten hatte ihn die ganze Zeit mit großen
Augen angeschaut und ab und zu mit dem
Kopf genickt. Sie streckte Horst ihre Hände
entgegen. Gerade wollte sie ihren Kopf an
seine Brust legen, als sie einen Schrei von
Maren hörten.

„Mama Kirsten, bitte hilf mir. Ich bin hin-
gefallen. Es tut so weh. Oh, mein Bein. Ich
glaube, es ist gebrochen. Oh, tut das weh."
Als wenn jemand einen Schalter umgedreht
hatte, so veränderte sich Kirsten.
Ruckartig riss sie sich von Horst los und

rannte wild mit den Armen rudernd zu Maren. Die lag ein paar Schritte vor dem Hofladen. Kirsten nahm sie in die Arme und wiegte sie.

„Ach, meine Schöne, was hast du gemacht? Tut es sehr weh. Soll ich den Arzt rufen? Christina, du darfst auch nicht immer so wild sein."

Horst hörte, wie Maren anklagend sagte: „Das blöde Kopfsteinpflaster ist schuld. Das ist ja lebensgefährlich. Das muss weg. Ich hätte mir ja den Hals brechen können. Es tut mir leid, wenn du dich erschreckt hast."

Inzwischen hatte Kirsten das angeblich gebrochene Bein untersucht und festgestellt, es war nichts gebrochen und es gab keine blutende Wunde. Maren hatte also unglaubliches Glück gehabt. „Aber die Schmerzen", jammerte Maren und zeigte Horst hinter Kirstens Rücken ein hässliches Grinsen und den Stinkefinger. Der hatte sich nicht von der

Stelle gerührt. Er war wie erstarrt. Er verstand die Welt nicht mehr. Die Angestellte vom Hofladen kam zu ihm. Sie hatte mehr mitbekommen, als Maren dachte.

„Schwalbe", sagte sie und wedelte mit den Armen wie ein Vogel. „Sie hat euch zugesehen und ist wütend geworden. Dann hat sie den Roller hochgerissen und sich fallen lassen und angefangen zu schreien. Ich habe ihr zugerufen, was soll das? Steh auf! Aber da kam Kirsten schon angerannt. Und den Finger", die Angestellte zeigte den sogenannten Stinkefinger, „zeigt sie uns andauernd. Wir sind nur Dreck, sagt sie."

Horst war sprachlos und schüttelte wiederholt den Kopf. Er konnte nicht glauben, was da eben vor seinen Augen passiert war. War in Maren der Teufel gefahren?
Er musste zu Hedi. Sie musste ihre Tochter zur Vernunft bringen. So ging es nicht weiter.

Als Erstes sperrte er die Karte und den Zugriff auf die Bank für Kirsten. Er wusste keinen anderen Weg, um der Verrücktheit Einhalt zu bieten.

Was ist mit Maren los?

Was Horst nicht wusste, Hedi hatte schon vor einigen Tagen versucht, mit Maren zu sprechen. War aber kläglich gescheitert. Maren hatte keine Frage beantwortet und ihre Mutter nur verächtlich angeguckt. Zum Schluss hatte sie die angeschrien: „Was willst du eigentlich von mir. Ich lebe jetzt bei Kirsten und du hast mir überhaupt nichts mehr zu sagen. Du bist nicht mehr meine Mutter! Was könnt ihr mir denn bieten? Ihr seid doch armselig und dumm."

Da war Hedi die Hand ausgerutscht und sie hatte Maren eine Ohrfeige gegeben. Hinterher wusste sie gleich, dass sie Maren damit nur noch mehr von sich wegtrieb. Aber das, was Maren gesagt hatte, war nicht zu entschuldigen, denn sie war kein dummes Kind mehr.

Sie wusste, was sie sagte.

Maren schrie daraufhin gellend auf. Sie tat so, als wenn Hedi ihr starke Schmerzen zugefügt hätte. Sie jammerte und hielt ihre Wange. Sie zeigte mit dem Finger auf Hedi und schrie. Alle sollten es hören. „Das wird dir noch leidtun. Ich will euch alle nicht mehr sehen." Dann drehte sie sich schnell um und rannte zu Kirsten, die wegen des Lärms an die Tür gekommen war. Sie klammerte sich an Kirsten und verlangte: „Schick sie weg. Sie hat mich geschlagen. Sie ist eine Hexe!"

„Wer ist das?", fragte Kirsten erstaunt. „Kenne ich die Frau?"
Völlig aufgelöst war Hedi nach Hause gekommen. Ihre Söhne hatten aus ihr rausgequetscht, wie Maren sich aufgeführt hatte. Als ihre Brüder daraufhin mit Maren sprechen wollten, verleugnete sie die.

„Von wegen Brüder und Familie, dass ich

nicht lache. Was bettelt ihr hier rum", hatte sie sie angeblafft. „Ihr denkt wohl, ihr könnt was abstauben. Aber für euch ist hier nichts zu holen. Wenn ihr nicht sofort verschwindet, rufe ich die Polizei. Das ist Belästigung."

All das wusste Horst nicht. Keiner hatte gewagt, ihm das mitzuteilen. Nachdem er Kirsten das Konto gesperrt hatte und bei einem Einkauf ihre Karte nicht akzeptiert wurde, hatte es einen Riesenaufstand gegeben. Aber nicht Kirsten empörte sich, nein, Maren machte das Gezeter.

„Wie peinlich für uns, als die sagten, die Karte ist gesperrt. Die haben uns ange-guckt wie Verbrecher. Kirsten ist zusammen-gebrochen. Ich konnte sie nur mit Mühe auf-richten, weil ich sagte, das ist sicher ein Irr-tum. Das ist es doch? Oder? Du willst doch sicher, dass es Kirsten gut geht, oder?", setzte sie mit einem bösen Lächeln hinzu.

Kirsten selbst war gleich nach ihrer Ankunft mit abwesendem Blick ins Haus gegangen. Horst ging sofort hinterher. Er hörte sie in der Küche rumoren. Erstaunt sah er, dass sie alle Schubladen geöffnet hatte und durchwühlte. Diverse Teile waren auf den Fußboden gefallen. Der Inhalt einer alten Blechdose, die normalerweise auf dem Küchenregal stand und in die alles Mögliche wanderte, einschließlich Gummibänder und gefundene Knöpfe, war auf den Küchentisch geschüttet. Mit hochrotem Kopf wühlte Kirsten darin. Sie murmelte vor sich hin: „Alles geklaut. Es ist nichts mehr da. Bitte helfen sie mir", wandte sie sich an Horst. „Gestern war alles noch da. Ich weiß es genau. Ich kontrolliere es jeden Tag. Aber das wissen die nicht." Den letzten Satz hatte sie geflüstert und schaute umher, als wenn sie Lauscher vermutete.

Mit gepresster Stimme fragte Horst. „Was wird

denn vermisst? Wie kann ich helfen?"

Kirsten schaute ihn unverwandt an und schüttelte dann ihren Kopf: „Nein, sie können mir nicht helfen. Sie wissen ja nicht, was ich suche. Aber ich muss es finden."
Wieder flüsterte sie: „Mein Mann darf es nicht wissen." Sie legte den Zeigefinger an ihre Lippen und machte: „Pst."

Erschreckt fuhr Kirsten zusammen, als Maren die Küche betrat. Wie in Abwehr hob sie ihre Hände und guckte verschüchtert zu Maren. Die tat so, als wenn alles in Ordnung sei, und sagte burschikos: „Komm Mama Kirsten jetzt ruhst du dich erst Mal aus. Wir suchen nachher zusammen." Sie nahm Kirstens Hand und zog sie zur Treppe.
Die folgte ihr wie ein gehorsames Schaf.
Dem Durcheinander hatte Maren keinen Blick gegönnt, nur mit den Achseln gezuckt und gemurmelt: „Immer sucht sie was."

Kurz darauf kam sie zurück und sagte frech: „Da! Hast du es gesehen? Nur auf mich hört sie. Dich erkennt sie nicht mal mehr." Pfeifend ging sie nach draußen.

Entsetzt nach diesem Erlebnis ging Horst wieder zu Eugen und Hedi. Er traf die Familie komplett versammelt am Küchentisch. Sie waren in eine hitzige Debatte verstrickt.

Empört erklärten die Brüder, Maren existiere für sie nicht mehr. Sie ist nicht mehr unsere Schwester. Was sie der Familie antut, würde eine gute Schwester nie machen. Sie zieht die ganze Familie in den Dreck, und was sie der Mutter alles an den Kopf geworfen hatte. Nein, sie wollten nichts mehr mit ihr zu tun haben.

Hedi versuchte sie zu beschwichtigen: „Sie ist ein dummes kleines Mädchen. Sie ist total überfordert und hat sich in etwas verrannt. Sie kann das alles gar nicht überblicken, was

im Moment passiert und was sie damit anrich-
tet."

Die Brüder widersprachen vehement: „Sie
weiß genau, was sie macht. Sie genießt das!
Was? Das könnt ihr euch nicht vorstellen?
Aber es ist so. Wie sie uns behandelt hat, wie
Verbrecher. Wir schämen uns für sie. Hämisch
gelächelt hat sie dabei."

Erschreckt zuckten alle hoch, als Eugen mit
Wucht auf den Tisch schlug. Wie wild hatte er
auf seinem Computer getippt und stellte jetzt
auf Sprache. „Hört sofort mit dem Geschrei
auf, damit ändert ihr nichts. Wir benötigen
fachmännischen Rat. Der Hausarzt soll Horst
einen guten Psychologen empfehlen. Das
Beste wäre, wenn er zu Horst ins Haus
kommt. Als wenn er ein entfernter Verwandter
ist. Keiner darf wissen wer er ist. Dann kann
er die Lage am besten einschätzen."

Mit dieser Lösung waren alle einverstanden.

Sie wussten, ohne Hilfe von außen würden sie das Problem nicht lösen. Sie brauchten dringend fachmännischen Rat.

Die Schule beginnt wieder.

Ludwig hatte nach dem Erlebnis im Schwimmbad jeden Tag gehofft, Maren zu treffen. Nicht
ein einziges Mal war ihm das gelungen.
Jetzt waren es nur noch ein paar Tage und die
Schule würde wieder anfangen. Nach den
Ferien würde er auf die weiterführende Schule
gehen. Er hatte Angst, Maren gar nicht mehr
zu sehen. Erst hieß es, sie sei auf Rügen.
Dann hatte er sie ein paar Mal von weiten
gesehen, mit Kirsten zusammen.
Er wollte so gern mit ihr sprechen. Er wollte
ihr so viel sagen. Wie sehr er sich gefreut
hatte, als sie sich bei ihm bedankte. Seine
Hilfe wollte er ihr anbieten. Er würde immer für
sie da sein. Auch wenn sie nicht mehr auf die
gleiche Schule gingen.
Er wollte ihr versichern, dass er sie nie ver-

gessen würde, und sie bitten, dass sie mit ihm spazieren ging. Alles hatte er sich so gut zurechtgelegt. Aber es fand sich keine Möglichkeit, mit ihr zu sprechen. Immer sah er sie nur von weitem, nie allein.

Drei Tage vor Ferienende traf er den jüngeren Bruder von Maren. Als er ihn über Maren ausfragen wollte, reagierte der ungewöhnlich schroff. „Sie ist ein verlogenes Biest. Kümmere dich nicht um sie, sie ist nicht gut für dich."

Auf seine Fragen nach dem warum bekam Ludwig keine Antwort. Dann traf er Maren einen Tag vor Ferienende doch noch. Fast den gesamten Vormittag hatte er in der Nähe vom Haus des Bauern herumgelungert. Und keine Maren zu Gesicht bekommen. Resigniert machte er sich mit dem Fahrrad auf den Weg nach Hause. Er nahm die Abkürzung durch das Moor, da er schon spät dran war.

Er wollte sich nicht schon wieder die Schimpf-
tiraden seiner Mutter anhören müssen.

Da traf er die beiden. Kirsten hatte
einen großen Strauß Blumen gepflückt und
sang leise vor sich hin. Als Maren Ludwig
erblickte, riss sie Kirsten, die sich gerade nach
einer Blume bückte, heftig zurück.

„Hau ab du Pleiten Ludwig", schrie sie.
Was willst du hier? Spionierst du uns hinterher? Du willst mich nur vollquatschen. Ver-
schwinde, du stinkst nach Mist."
Sie wedelte mit der Hand, als wenn sie eine
lästige Fliege verscheuchte. Dann drehte sie
sich zu Kirsten, die das Ganze mit erstaunten
Augen verfolgt hatte. „Los, Mama Kirsten,
jage ihn weg. Er belästigt mich immer. Er will
mich nur betatschen."
Ludwig erstarrte. Er spürte einen stechenden
Schmerz in der Brust. Es war, als hörte sein
Herz auf zu schlagen. Seine Glieder fühlten

sich taub an. Er konnte seine Beine nicht bewegen. Eine Hitzewelle stieg in seinen Kopf und der Schweiß lief in seine Augen. Das Gefühl zu verbrennen war übermächtig.
Für einen Moment war er blind und taub. Sein Bewusstsein wurde erst wieder klar, als er von kleinen Steinen, die Maren auf ihn warf, getroffen wurde.

Entsetzt drehte er um und radelte davon, als wenn der Teufel hinter ihm her war. Was war da gerade vor sich gegangen? Wer war das gewesen? Seine kleine süße Maren konnte das nicht sein. Seine von ihm so geliebte Maren war zur Furie geworden. Was war mit ihr passiert?

Seit dem Tag fühlte sich Ludwig wie zerbrochen. Alle anderen Menschen interessierten ihn nicht. Immer war er in Gedanken bei Maren, wenn er etwas schrieb, bastelte oder baute. Er überlegte oft, wie ihr wohl dieses oder jenes gefallen würde. War er vorher schon ein Einzelgänger, jetzt schottete er sich komplett ab. Er aß mehr, als ihm guttat. Aus dem sportlichen, schlanken Ludwig wurde ein moppeliger vierzehnjähriger. Er drückte sich beim Sport und ging nicht mehr auf die Dorffeste. Ab und zu hörte er Gespräche über Maren, dass sie sich so verändert hätte. Dann ging er jedes Mal schnell weg. Er wollte nichts mehr von ihr hören. Die Enttäuschung saß tief. Auch die viele Schokolade und das Knabberzeug konnten ihn nicht trösten.

Sogar seiner Mutter, die sich sonst herzlich wenig um ihren Sohn kümmerte, fiel auf, dass er immer dicker wurde. Er aß alles, was ihm in die Finger kam, sein Mund war ständig mit Kauen beschäftigt. Normales Essen konnte man das nicht mehr nennen.

Bis zu den Herbstferien hatte er sich zwanzig Kilo angefressen. Inzwischen hatte er sich im

Geiste alle möglichen Entschuldigungen zurechtgelegt. Er konnte es nicht glauben, dass Maren sich so zum Nachteil verändert hatte. Sicher hatte sie das alles nur veranstaltet, damit Kirsten keine Angst vor ihm bekam. Dass Kirsten eigenartig im Kopf war, wusste ja jeder. Maren hatte das bestimmt alles nicht so gemeint. Wenn er nur mit ihr allein sprechen könnte, würde sich alles aufklären.

In den Herbstferien radelte Ludwig immer wieder ins Moor und am Hof vorbei in der Hoffnung, Maren allein zu treffen. Erst am letzten Tag sah er sie. Auf ihrem E-Roller sauste sie an ihm vorbei, grinste ihn an und zeigte ihm einen Vogel. Sofort radelte er hinterher. Musste aber nach wenigen Metern schnaufend aufgeben. Er konnte nur noch hinterherschauen. Ich bin zu fett, musste er sich eingestehen. Dieser Triumph reichte Maren noch nicht. Sie wendete und fuhr wieder an Ludwig vorbei. Dieses Mal langsam und sie rief ihm zu: „ Du fettes Schwein, hau ab! Keiner will mit dir was zu tun haben. Du bist widerlich."

Verbittert radelte er nach Hause, wo er vor Frust einen frischgebackenen Kirschkuchen allein aufaß. Im Geiste krümmte er sich, dass er so schwach war und sich nicht beherrschen konnte. Er schämte sich vor sich selbst.
Da nahm er sich das Versprechen ab, dass er nicht mehr versuchen würde, Maren zu treffen. Vielleicht würden sich seine Fressattacken dann legen. Nach diesem Vorsatz fühlte er sich erleichtert und ging mit einem anderen Gefühl nach den Ferien in die Schule zurück. Er nahm wieder am Sportunterricht teil. Am Anfang war es schwer und oft wollte er aufgeben. Dann wurde es zu seiner Leidenschaft. Zu Hause trieb er weiter Sport und fuhr stundenlang Fahrrad. Um die Gegend, in der

Maren lebte, und um das Moor machte er einen weiten Bogen. Er wollte sie nicht mehr sehen. Die Schokolade und den Kuchen ließ er vollkommen beiseite und langsam wurde er wieder zu dem schlanken, sportlichen Jungen.

So gingen Monate dahin und es wurde Winter, der dieses Mal nur wie ein etwas kälterer Herbst war. Bodenfröste, die ein Landwirt braucht, gab es fast gar nicht. Eine weiße Weihnacht, die sich alle erhofft hatten, mit nachfolgendem Frost im Januar, fiel aus.

Die Stimmen vom Klimawandel waren überall zu hören. Im Dorf wurden die Tratschweiber wieder laut. Sie tuschelten von Hexerei auf dem Hof von Horst Jüssen. Und was sie angeblich alles gesehen hätten: Maren und Kirsten tanzten im Dunkeln zusammen im Moor. Sie hüpften von einer Erhebung zur nächsten und sanken nicht ein. Kirsten und Maren sausten bei Nacht auf dem E-Roller die

Dorfstraße entlang, beide in langen weißen Hemden. Andere wieder hatten sie im Moor getroffen, wo sie Kräuter und Blumen sammelten und ein unheimliches Lied sangen.

Die Feiertage wurden weder auf dem Jüssen - Hof noch bei Marens Eltern gefeiert. Die Stimmung war angespannt und gedrückt. Aber es blieb alles ruhig. Zu ruhig. Der Hofladen blieb geschlossen. Es kam keiner mehr zum Einkaufen. Ende Januar bemerkte Eugen im Internet eine Kampagne gegen den Hof Jüssen. Es wurden Lügen über Horst und den Hof verbreitet. Er würde seine Saisonarbeiter schlecht behandeln und ihnen zu wenig bezahlen. Heimlich würde er verbotenen Dünger verwenden. Sein Hof wäre hoch verschuldet. Außerdem hatte er eine bekloppte Frau, die gemeingefährlich war. Das alles kam in wohl dosierten Mengen. Jedes Mal lag eine gewisse Zeitspanne zwischen den Falschmeldungen. Immer unter falschem Namen und die Meldungen wurden immer gehässiger. Eugen versuchte herauszubekommen, wer dahintersteckte, musste aber resigniert aufgeben. Es blieb nur eine Anzeige gegen Unbekannt.

Januar und Februar gingen ohne Ereignisse vorbei. Die schlechte Stimmung ließ sich nicht vertreiben. Der Psychiater, der im letzten Herbst bei Horst auf dem Hof gelebt hatte, war ratlos wieder abgefahren. So eine Situation hatte er noch nicht erlebt. Er sprach von Persönlichkeitsspaltung.

Er empfahl, Maren von Kirsten zu trennen. Wahrscheinlich würde Kirsten einen Schock erleiden, aber wenn es unter ärztlicher Kontrolle passierte, könnte man gegensteuern. Einen konkreten Vorschlag hatte er nicht. Dafür war die Sache schon zu festgefahren, wie er sagte. Außerdem war Maren nicht bereit mitzuspielen. Sie beharrte darauf, nur sie könnte Kirsten heilen. Als der Arzt ihr versuchte, zu erklären, dass es gefährlich sei, diesen Wahn von Kirsten weiter zu unterstützen, hatte sie einen Riesenspektakel gemacht. Als Dieb und Lügner hatte sie ihn vor Kirsten dargestellt, so dass die vollkommen verunsichert war. Maren hatte Kirsten aufgefordert, ihn vom Hof zu jagen. Was die dann auch tat.

Maren feuerte sie mit viel Geschrei an, in das Kirsten einstimmte. Dem Arzt blieb nichts weiter übrig, als zu gehen, und so konnte er Horst nur negative Befunde liefern. Nur ein Satz vom Arzt hatte sich in den Kopf von Horst gebohrt und wollte nicht weichen. „Ich bin davon überzeugt, wenn alles so bleibt, wird noch ein großes Unglück passieren."

Ende März waren die Temperaturen ungewöhnlich warm, fast sommerlich.

Die Felder mussten beackert werden, auch wenn kein Regen in Sicht war. Wenigstens brachten die Nächte noch den einen oder anderen Regenschauer. Horst war wieder viel auf den Feldern und versuchte, bei der Arbeit ein wenig Ruhe zu finden, die es zu Hause nicht mehr gab. Kirsten zog sich immer mehr in ihr Schneckenhaus zurück. Mit fragenden Blicken schaute sie Horst an. Sie erkannte ihn nicht mehr. Sie flüsterte Maren zu, aber so laut, dass Horst es hörte: „Wer ist das? Was will der hier? Wohnt der auch hier? Das darf Horst aber nicht wissen."

Oder sie sagte zu Horst: „Ich kenne sie, ich weiß aber nicht, woher." Maren antwortete ihr dann, laut und vernehmlich: „Der ist unwichtig. Du musst dich nicht um ihn küm-mern." Sogar das Ehebett teilten sich jetzt Kirsten und Maren. Horst hatte sich ins Gäste-zimmer zurückgezogen, nachdem Kirsten mehrmals schreiend in der Nacht aufgewacht war und nach Christina gerufen hatte. Horst war mit den Nerven fertig und nur noch ein Schatten seiner selbst. Wenn er auf dem Traktor saß und die endlosen Felder spurte, auf denen später der Mais wachsen sollte, kam ihm immer öfter der Gedanke an ein Heim für Kirsten. Gleich darauf verwarf er ihn und schimpfte mit sich: In guten wie in schlechten Zeiten hatten sie sich geschworen und so sollte es auch sein.

Nachdem die Diagnose vom Arzt so niederschmetternd ausgefallen war, hatte Horst sich Hilfe holen müssen. Im Januar war er wieder zu Hedi und Eugen gegangen. Er hatte Hedi angefleht wieder ins Haus zu kommen. Es wäre ein absolutes Chaos. Nachdem die Saisonkräfte wieder in ihrer Heimat waren, gab es keine Hilfe mehr im Haus. Aus dem Dorf war keine Frau bereit, bei ihm zu arbeiten. Mit Tränen in den Augen hatte er Hedi gebeten, ihm zu helfen.

„Du kannst dir zwei Frauen zur Hilfe holen. Vielleicht sind aus den Nachbardörfern welche bereit. Ich glaube du bist die Einzige, auf die Maren hören wird. Jetzt ist sie noch bockig, aber mit der Zeit wird sie einsehen, dass es falsch ist, was sie macht."

Eugen hatte nickend zugestimmt. „Wir müssen alles versuchen, bevor es zu spät ist", schrieb er. Hedi glaubte nicht, dass Maren auf sie hören würde und ob sie über-haupt die Gelegenheit hätte, mit ihr zu spre-chen. Sie wusste, wie es war, wenn ihre Tochter sich etwas in den Kopf gesetzt hatte. Aber sie hatte zugestimmt. Nun war sie schon wieder seit über zwei Monaten bei Kirsten im Haus. Erreicht hatte sie fast nichts. Manchmal machte Maren einen einsichtigen Eindruck und versicherte ihrer Mutter, sie würde sich langsam zurückziehen. Aber es brauche Zeit, meinte sie. Dann wieder wischte sie alles beiseite und tat so, als wenn sie nie etwas in der Art gesagt hätte. Sie beharrte darauf, nur sie wäre gut für Kirsten.

Mit Kirsten wurde es in der letzten Zeit immer schlimmer. Horst erkannte sie nur noch zeitweise, aber wenn, dann war sie wie eine verschmuste Katze. Argwöhnisch beobachtet von Maren. Auch Hedi hatte sie nicht erkannt.

Für Kirsten war es eine Fremde, die im Haus arbeitete. Sie behandelte Hedi nicht schlecht. Nein, sie nahm sie überhaupt nicht zur Kenntnis. Hedi war Luft für sie.

Eine Hilfe für das Haus hatte Hedi nicht bekommen, auch aus den Nachbardörfern war keine Frau bereit zu helfen.

Viele glaubten die Lügen und wenn nicht, wollten sie sich nicht den Anfeindungen der Nachbarn aussetzen, die den Lügen glaubten.

So blieb alle Arbeit an Hedi hängen. Kirsten war zu verwirrt, um zu helfen.

Und Maren? Maren spielte sich gegenüber ihrer Mutter auf und verlachte sie. Sie rührte keinen Finger. Sie war immer an Kirstens Seite, wie ein Wachhund.

Der März näherte sich dem Ende und die Osterferien hatten begonnen. Maren war jetzt den ganzen Tag zu Hause und kümmerte sich nur um Kirsten. Sie gingen spazieren, schauten gemeinsam fern. Ab und zu las Maren Kirsten etwas vor. Das passierte in der letzten Zeit allerdings immer seltener.

Vor einigen Tagen hatte Hedi Maren überrascht, wie sie Kirsten mit Fragen quälte. Sie gab keine Ruhe, immer wieder fragte sie Kirsten: „Wer bin ich? Und wer bist du?" Kirsten verwirrten die Fragen. Ihre Augen waren voller Tränen, denn bei jeder Antwort ihrerseits: „Du bist Christina und ich bin deine

Mama", schrie Maren sie böse an: „Falsch",
und lachte sie aus.

Als Kirsten jammerte: „Aber du bist doch
meine schöne Christina", flippte Maren völlig
aus und schrie: „Du bist ja völlig bekloppt im
Kopf", und dabei kniff sie Kirsten, in die Arme.
Kirsten blieb stumm, nicht ein Schmerzenslaut
kam über ihre Lippen, aber die Tränen strömten unaufhörlich.

Voller Wut riss Hedi ihre Tochter weg.
Sie hatte die Hand schon zum Schlag
erhoben. Da hörten sie Kirsten mit leiser
Stimme sagen: „Hedi bitte lass sie los. Sie
kann ja nichts dafür."
Maren und Hedi waren wie vom Donner
gerührt. Wieso hatte Kirsten ausgerechnet
jetzt einen klaren Moment?   Maren
rannte heulend raus. Hedi nahm Kirsten mit in
die Küche, wo sie gerade beim Kuchenbacken
war. Kirsten setzte sich einfach an den Tisch

und schälte die Äpfel für den Kuchen. Sie war ganz ruhig und machte einen zufriedenen Eindruck. Sanft sprach sie zu Hedi: „ Ich weiß, du liebst meine Christina auch. Das kann ich gut verstehen. Sie ist so schön und so lieb zu mir."

„Ja", bestätigte Hedi, „du hast recht, ich liebe sie wie meine Tochter."

„Ja, man muss sie einfach liebhaben. Aber du darfst sie nicht schlagen. Ein Kind darf man nicht schlagen, es braucht unsere bedingungslose Liebe. Nur wenn ich Fehler mache, wird sie ungeduldig mit mir, weil sie so schlau ist. Ich bin froh, dass ich eine Tochter habe. Jungen sind auch nett, aber oft frech, wie Christina mir erzählt. Aber deine Jungen sind sehr nett. Du könntest sie mal mitbringen. Vielleicht freundet sich Christina mit ihnen an."

Hedi wusste nicht, was sie darauf erwidern sollte. Natürlich hatte Kirsten Recht, ein Kind braucht Liebe. Aber bedingungslose Liebe ohne Regeln und Respekt, das durfte nicht sein. Sie konnte sich nicht vorstellen, Maren mit bedingungsloser Liebe zum Umdenken zu bewegen. Maren machte böse Dinge mit Kirsten und sie behandelte ihre Familie wie Dreck. Es gab doch Anstand und Respekt, den es einzuhalten galt. Was war nur mit ihrer Tochter los?

Nach einer Stunde kam Maren mit verheultem Gesicht zurück, aber in ihren Augen glitzerte Wut. Sie ging an ihrer Mutter vorbei, ohne sie zu beachten. Als wenn sie nicht existierte. Sie kniete sich zu Kirsten. Mit weinerlicher Stimme sagte sie: „Bitte, Mama Kirsten es tut mir leid. Ich wollte dich nicht quälen. Ich darf nicht ungeduldig mit dir werden. Du weißt es ja nicht besser. Ich habe mir überlegt, wir gehen jetzt jeden Tag mindestens zwei Stunden spazieren. Da sind wir beide ungestört. Wie gefällt dir das?"

Hedi hörte aus jedem Wort die unter-
drückte Wut heraus und spürte die Stiche, die
Maren gegen sie, ihre Mutter richtete. Kirsten
dagegen drückte Maren vor Freude an sich
und stammelte: „Ich verzeihe dir. Ich weiß
doch, dass du mir nichts Böses willst. Ich
freue mich schon auf morgen. Wo gehen wir
hin?"
Maren hatte Kirsten hochgezogen und Arm in
Arm gingen sie nach oben. Beim Hinaufgehen
drehte sich Maren noch kurz um und streckte
ihrer Mutter die Zunge aus. Hedi drückte ihre
Fäuste fest auf den Mund, sonst hätte sie laut
geschrien. Woher hatte ihre Tochter nur so
viel Schlechtigkeit? Sie waren doch eine ganz
normale Familie.

In den nächsten drei Tage kamen die beiden
fröhlich von ihren Spaziergängen zurück.
Kirsten wirkte ausgeglichener. Sie ließ sich

von Maren Zöpfe flechten und wählte besonders sorgfältig ihr Kleid aus. „Das ist viel zu dünn", erklärte ihr Hedi.

„Aber ich soll mich fein machen. Maren sagt, das Kleid steht mir gut", erwiderte Kirsten.

Maren zog sich an, als wenn sie ins Theater gehen wollten. Hedi hängte Kirsten schnell noch einen Mantel um ihr viel zu dünnes Kleid. „Erkältet euch nicht. Der Wind ist noch frisch."

„Ja, ja", kam es von Maren ungeduldig. „Ich passe schon auf."

Am vierten Tag kam Kirsten verängstigt zurück. In ihrer Kleidung hatte sie kleine Äste und Blätter. Ihre Schuhe waren nass und schmutzig. „Was ist passiert?", fragte Hedi.

Kirsten hob nicht den Blick und murmelte nur etwas Unverständliches. Maren war es, die lapidar antwortete: „Sie ist mir davongelaufen. Einfach so, rein ins Gestrüpp. Ich habe hinter ihr her geschrien, da ist das Moor. Da ist sie endlich zurückgekommen." Keck erwiderte sie den fragenden Blick ihrer Mutter.

An Maren war nicht das kleinste Blatt oder Ästchen. Auch ihre Schuhe waren makellos. Also war sie noch nicht einmal ein paar Schritte hinter Kirsten her gegangen.

„Was hast du gemacht?", fragte Hedi empört ihre Tochter. „Von allein geht Kirsten doch nicht ins Moor."

„Hast du eine Ahnung, was sich alles in ihren verrückten Gedanken abspielt?", fragte Maren. Verächtlich sagte sie: „Für dich ist sie doch immer noch die liebe Kirsten. Aber sie will mich einfach nicht Maren nennen. Obwohl ich ihr erklärt habe, das ist mein zweiter Vorname. Sie bleibt bei Christina.

Ich will, dass sie mich Maren nennt. Wen sie mich Maren nennen würde, wäre sie geheilt. Dann könnte ich auch ihre wirkliche Tochter werden. Sie könnten mich ja adoptieren."

Die letzten Sätze hatte Maren geschrien. Sie schlug mit den Fäusten auf ihre Mutter ein, die Mühe hatte nicht zu stürzen. Hedi wollte die Arme um Maren legen, wurde aber sofort zurückgestoßen. Das also war Marens Plan. Sie wollte die Tochter von Kirsten werden. Ihre eigene Familie war ihr nicht mehr gut genug. Zu oft hatte sie es allen zu verstehen gegeben.

Es ist passiert. Was nun?

Ludwig ging, nachdem ihn Maren auf der Landstraße als fettes Schwein beschimpft hatte, ihr konsequent aus dem Weg. Sogar auf dem Feuerwehrball im letzten Herbst hatte er sich nicht blicken lassen. Für das Osterfeuer hatte er zusammen mit den jungen Männern von der Feuerwehr viel Gestrüpp und Äste herangeschafft. Die alten Leute im Dorf waren der Meinung, dieses Mal brauchen wir ein riesiges Feuer, damit es endlich regnet. Alle hatten aus den Scheunen herangeschleppt, was gut brennen würde.
Wer braucht noch so viele alte Obstkisten aus Holz, wo wir doch alles in Plastik packen. Dass Plastik eines der Übel unserer Zeit war, wollten sie nicht glauben.
In den Osterferien war Ludwig jeden Tag mit

dem Rad unterwegs. Zuhause hielt er es nicht mehr aus. Oft genug fand er seine Mutter betrunken auf dem Küchensofa. Auf dem Heuboden hatte er sich, von der Mutter unbemerkt, ein Quartier eingerichtet. Nach und nach hatte er einige Möbel hoch getragen und einen Schlafplatz aus Matratzen gebaut. So kam ihr lautstarkes Schimpfen nur wie ein fernes Grollen zu ihm hinauf.

Radfahren und Sport waren ihm inzwischen zum Lebensinhalt geworden. Dieses Jahr sollte er zum ersten Mal die Chance, haben der Hebemann zu sein. Der Hebemann aus den Jahren davor war inzwischen zu dick. Der jüngere Bruder von Maren, der bei der freiwilligen Feuerwehr war, hatte ihn vorgeschlagen. Der finale Wettkampf fand erst im Spätsommer statt, wenn die Ernte eingefahren war. Aber seit dem Frühjahr wurde schon hart trainiert, um den Besten und Stärksten jungen

Mann zu finden. Er hatte die Aufgabe, zehn Personen über eine kurze Zeitspanne zu tragen. Ludwig wäre zu gern der Hebemann für das Dorf. Endlich würde er dazu gehören und akzeptiert werden. Dafür trainierte er eisern. Am Mittwoch vor Ostern kehrte er von einer vierzig Kilometer Radtour zurück und war ganz in Gedanken ins Moor eingebogen.

Dass es der Weg war, auf dem ihn Maren beschimpft und verjagt hatte, merkte er zu spät. Gerade wollte er umkehren, als er in einiger Entfernung Kirsten und Maren entdeckte. Sie hatten ihn noch nicht gesehen. Vorsichtig nahm er sein Fahrrad hoch, um es zu drehen. Da hörte er einen leisen Schrei. Erst jetzt bemerkte er die unnatürliche Haltung von Kirsten. Sie stand leicht gekrümmt vor Maren, die hoch aufgerichtet vor ihr stand. Verstehen konnte er nichts, dafür war die Entfernung zu groß.

Es sah aus, als wenn Maren Kirsten eine Standpauke hielt. Dabei stupste Maren Kirsten an. Immer auf die gleiche Stelle, rechts unter dem Schlüsselbein.

Maren wurde immer hektischer und Kirsten immer gekrümmter. Jetzt schubste Maren Kirsten auch noch. Die hatte Mühe auf den Füßen zu bleiben. Ludwig war erstarrt. Er hielt immer noch sein Fahrrad etwas hoch. Er konnte sich nicht bewegen. Er wollte schreien, aber es kam nicht einmal ein Krächzen.

Hilflos musste er mit ansehen, dass Maren einen Stock aufhob und Kirsten damit schlug. Immer weiter schrie sie auf Kirsten ein. Die hatte die Arme zur Abwehr erhoben und ging rückwärts ins Moor hinein. Maren schrie sie an und peitschte das Wasser mit dem Stock. Zwei Schritte war sie jetzt auch ins Moor gegangen. Hoch spritzte das Wasser. Einen Moment konnte Ludwig nichts erkennen.

Dann sah er, dass Kirsten langsam unterging. Sie musste in ein Loch geraten sein. Keiner weiß genau, wo sie lauern. Deswegen ist das Moor ja auch als so heimtückisch bekannt. Kirsten wehrte sich nicht gegen den Sog in die Tiefe. Sie bettelte nicht und rief nicht um Hilfe.

Ludwigs Erstarrung hatte sich inzwischen gelöst und er raste mit seinem Fahrrad zur Unglücksstelle. Maren schrie Kirsten immer noch an.

Ludwig hörte: „Sag Maren zu mir. Ich bin Maren und nicht Christina."

Kirsten war inzwischen bis zur Hälfte der Brust eingesackt. Ludwig sammelte Äste und schrie Maren an, das gleiche zu tun.

„Wir müssen eine flache Unterlage machen. Los beeil dich. Sie geht unter."

Maren rührte sich nicht. Sie saß jetzt teilnahmslos auf dem Weg und sagte: „Sie soll mich Maren nennen. Ich bin Maren.

Soll sie doch verschwinden. Ich brauche sie nicht."

Ludwig versuchte auf dem Bauch, Kirsten zu erreichen, musste aber nach einem kurzen Stück aufgeben. Auch ihn würde sich sonst das Moor holen. Nur Kirstens Kopf war noch frei. Sie starrte Maren an und lächelte. Mit dem letzten Atemzug sagte sie: „Du bist meine Christina. Ich liebe dich, meine Schöne." Danach war alles still. So still, dass es in den Ohren dröhnte.

Ludwig konnte vor Zittern erst nach dem zweiten Anlauf den Notruf wählen. Maren saß auf der Erde und wiegte sich und her. Ihre Arme hatte sie fest um sich geschlungen. Sie heulte Rotz und Wasser. Leise wisperte sie: „Ich bin Maren."
Unvermittelt sprang sie auf und stürzte sich auf Ludwig. „Was machst du hier? Du hast doch gesehen, dass Kirsten von ganz allein

ins Moor gegangen ist. Ich habe keine Schuld. Ich wollte ihre Tochter sein. Du musst das bezeugen. Ludwig, bitte; du bist doch so ein Lieber. Du musst mir helfen. Sie werden sagen, dass ich nicht aufgepasst habe. Du kannst ihnen sagen, dass sie mir weggelaufen ist. Bitte, bitte, Ludwig, tu das für mich. Ich wollte das nicht. Das musst du mir glauben."

Was sollte Ludwig glauben? Wer war die echte Maren? Die, die Kirsten in das Moor getrieben hatte, oder dieses Häufchen Elend, das ihn anflehte? Alles würde Ludwig für sie tun. Er liebte sie. Natürlich erzählte er, dass Kirsten weggelaufen war, und schon halb im Moor war, als er kam. Er hätte sie nicht mehr retten können. Die Feuerwehrcrew sah, dass er versucht hatte einen Damm zu bauen. Aber im Moor ist meistens keine Rettung möglich. Maren wäre erst später, völlig außer Atem, dazu gekommen.

Sie hatte Kirsten gesucht. Keiner zweifelte daran. Jeder wusste, wie heimtückisch das Moor ist. Da geht man nicht vom Weg ab. Es sei denn, man ist nicht ganz richtig im Kopf.

Zwei Tage später am Karfreitag trafen sich die beiden wieder und Ludwig schwor, dass er nie, jemanden erzählen würde was er gesehen hatte. Diesen Schwur hatte er bis jetzt gehalten. Niemand erfuhr, was wirklich passiert war. Er liebte Maren, aber er wusste, dass sie ihn nicht liebte. Aber das war ihm egal.

Maren zog wieder zu ihren Eltern. Nie wieder wurde es ein herzliches Verhältnis. Hedi misstraute ihrer Tochter. Sie konnte sich nicht dagegen wehren. Eugen erzählte sie schluchzend, was Maren mit Kirsten gemacht hatte.

„Ich hätte sie nicht gehen lassen dürfen. Ich bin verantwortlich. Ich muss immer daran denken, was hat Maren getan? Aber sie ist doch meine Tochter. Ich muss doch zu ihr stehen."

Eugen konnte sie nur in den Arm nehmen und ihre Tränen abtupfen. Die Eltern von Horst kamen sofort aus Spanien und führten zusammen mit Eugen und Hedi den Hof weiter.

„Ich werde verkaufen", erklärte Horst. „Dieses Jahr werde ich noch die Ernte einbringen und alles für einen Verkauf einleiten. Hier kann ich nicht mehr leben."

Im Moor hatte er eine Bank errichtet. Jeden Abend saß er da und sprach mit Kirsten.

Seine Eltern konnten ihn nicht trösten. Aber ihn auch nicht abhalten. Mit der Zeit konnte er der normalen Arbeit auf dem Hof wieder nachgehen. Die Saisonarbeiter kamen und der normale Rhythmus kehrte ein.

Die Eltern öffneten den Hofladen wieder.

Schnell sprach sich herum, dass es im Hofladen wieder gute Ware und einen netten
Schnack gab. Der Vater von Horst hatte den
Arbeitern alles erklärt und ihnen versichert,
dass sie nur an jemanden verkaufen würden
der den Hof weiterführte. Viele Arbeiter kannte
der Bauer noch von früher. Alle waren traurig.
Von den Frauen weinten viele hemmungslos.
Kirsten war bei allen beliebt gewesen und die
meisten hatten ihre Krankheit letztes Jahr, mit
großem Schrecken mitbekommen.

„Interessenten haben sich schon
gemeldet", erklärte der alte Bauer. „Ein so gut
geführter Hof ist begehrt. Dieses Jahr wird
alles so laufen wie immer. Wir werden sogar
ein Sommerfest zu Ehren von Kirsten ver-
anstalten. Sie hätte es so gewollt. Wenn
jemand Fragen hat, soll er zu mir kommen.
Horst braucht seine Ruhe."
Horst war schon immer sehr wortkarg, jetzt

verstummte er. Er arbeitete wie besessen, wusste aber nach Minuten nicht mehr, was er getan hatte. Alle passten auf ihn auf. Bei den schwierigen Behördengängen, Versicherungen und zum Gericht begleitete ihn sein Vater. Dankbar nahm er die Hilfe an. Er wusste, allein würde er es nicht schaffen. Er wollte alles geregelt haben. Er machte sein Testament und versprach seinen Eltern, er würde nach dem Verkauf zu ihnen nach Spanien kommen. „Die Sonne wird mir helfen. Dieses Jahr wollten wir eine große Reise machen. Jetzt mache ich die allein."

Seine Eltern beruhigten sich, am Anfang hatten sie befürchtet, Horst würde sich was antun. Dass er Zukunftspläne machte, war ein gutes Zeichen. So arbeiteten alle in Gedanken auf den Herbst zu. Dann wäre Horst frei und es könnte einen neuen Anfang geben. Vielleicht ganz etwas anderes, man würde

sehen. Das Hoffest wurde zum Saisonaus-
klang gefeiert. Auf dem Fest wurde auch der
neue Besitzer vorgestellt, der einen sympa-
thischen Eindruck machte. Er erklärte, dass er
nichts verändern wollte und dankbar wäre,
einen so gut geführten Hof zu übernehmen.
Sie alle könnten stolz sein auf ihre Leistung,
denn sie wären die Basis, auf die ein Bauer
baut. So fuhren alle beruhigt nach Hause.
Horsts Eltern flogen zurück nach Spanien.
Er selbst wollte in zwei Monaten nach-
kommen. Alles war geregelt.

War wirklich alles geregelt?

Was bringt die Zukunft?

Maren kapselte sich in der Familie und in der Schule vollkommen ab. Schon zu der Zeit als sie bei Kirsten lebte, hatte sie ihre Freundinnen verprellt, durch ihren Hochmut und Angeberei. Jetzt rückten die noch mehr von ihr ab. Sie wussten nicht, wie sie ihr begegnen sollten. Die Erwachsenen sprachen voller Verachtung über Maren. Sie hätte eine schlechte Aura. Die Klatschweiber hatten wie immer alles vorhergesehen. Maren tat so, als wenn sie von alledem nichts bemerkte. Sie hatte gute Noten und im Herbst würde sie leicht den Wechsel, ins Gymnasium schaffen. Wenn sich wirklich mal jemand traute zu fragen: „Wie geht es dir?", fuhr sie ihm gleich barsch an: „Das geht dich überhaupt nichts an. Ich frage ja auch nicht die Leute aus.

Also verzieh dich."

So fragte irgendwann keiner mehr. Alle gingen ihr aus dem Weg. Der Psychiater, der im Jahr davor bei Horst und Kirsten war, führte ein Gespräch mit ihr. Das heißt, er sprach und Maren hörte nicht zu. Sie hatte ihre Kopfhörer auf und hörte Musik. Auf seine Fragen und Vorschläge antwortete sie nicht. Sie wiederholte ein paar Mal: „Mir geht es gut. Ich will, dass ihr mich alle in Ruhe lasst."

Ab Herbst ging sie auf die gleiche Schule wie Ludwig. Konsequent gingen sie sich aus dem Weg. Wenn sie sich durch Zufall über den Weg liefen, taten sie so, als wenn sie sich nicht kennen würden. Aber beide hatten das gleiche Problem, sie wurden übermäßig dick. Ludwig hatte das ja alles schon einmal durchgemacht und war furchtbar wütend auf sich. Dieses Mal konnte er sich nicht selbst befreien. Auch dass er die Chance auf den

Hebemann damit verspielte, brachte ihn nicht zur Vernunft. Maren tat so, als wenn es ihr gleichgültig war. Sie stopfte so viel Essen in sich hinein, dass ihr übel wurde und sie sich erbrach. Auch sie konnte sich nicht beherrschen und aß sofort weiter. Sie, die so viel Wert auf schöne Kleider gelegt hatte, platzte aus all ihren schönen Sachen. Sie trug nur noch Schlabber-Look und kümmerte sich nicht mehr um ihr Äußeres. Es war ein Hilfeschrei, den viele erkannten, und viele boten ihr Hilfe an. Auch ihre Familie. Aber sie wies alle von sich und schimpfte noch hinter ihnen her.

Jeden Tag beschimpfte sie Ihre Mutter. In Marens Augen hatte an allem nur ihre Mutter Schuld. Sie hätte mit Kirsten sprechen müssen und ihr einreden, dass sie Kirstens Tochter Maren wäre und nicht Christina hieße. Alle waren ratlos und keiner traute sich mehr, ein Wort an sie zu richten.

Wenn sie wütend wurde, schrie sie fürchterlich und schmiss mit Sachen um sich, egal, was gerade in ihre Hände kam.

Im Herbst nahm Horst Abschied. Er hatte nur seine persönlichen Sachen gepackt. Der neue Besitzer wollte alles so übernehmen, wie es war. Seine Frau sollte später entscheiden, was sie ändern wollten. Beide hatten sehr viel Feingefühl für Horst und wollten nicht in seiner Gegenwart den Haushalt auseinanderreißen.

Horst brachte Hedi noch einige besonders schöne Stücke, die Kirsten sehr am Herzen gelegen hatten. Hedi sollte sie haben. Auch die hölzerne Statue war dabei.

„Ich weiß, dass sie die verflucht hatte. Aber sie hat sie auch geliebt und oft mit ihr gesprochen",erzählte er. Am Tag seiner Abreise brachte er für alle Geschenke. Für jedes Kind hatte er einen Fond eingerichtet, über den sie ab ihrer Volljährigkeit verfügen konnten. „Für dich, Maren, habe ich ihn größer ausfallen lassen, weil du dich so lieb bis zuletzt um Kirsten gekümmert hast. Du kannst studieren oder die Welt bereisen, tu damit, was dir Spaß macht. Und denke dabei ab und zu an Kirsten."

Maren wurde weiß wie die Wand und bekam einen Schluckauf, schnell rannte sie zur Toilette und erbrach sich. Dieses Mal ließ sie es zu, dass ihre Mutter ihr half und sie ins Bett brachte.

Für Hedi hatte er Kirstens Hochzeitsschmuck mitgebracht und ließ keine Widerrede zu, sie musste ihn annehmen. Eugen übergab er die Papiere des neuen Traktors. „Du kannst damit machen, was du willst, ich habe alles mit dem neuen Besitzer abgesprochen. Er würde ihn dir auch abkaufen oder du vermietest ihn. Aber vielleicht braucht ihr ihn später selbst mal."

Dann ging er schnell raus. Es sah aus wie eine Flucht. In der Nacht gab es ein schreckliches Unwetter. Ein Gewitter mit starken Regengüssen. Als wenn der Himmel nicht mit dem einverstanden wäre, was Horst tat.

Erst am nächsten Tag am späten Nachmittag, als der Regen aufhörte, wurde von zwei Frauen, die ihren Hund ausführten, auf der Bank im Moor die alte Blechdose gefunden. In der Kirsten damals vergeblich nach etwas gesucht hatte. Der Inhalt war wasserdicht verpackt und enthielt die Verfügungen über Horsts Vermögen.

Er bat Hedi und Eugen, dem neuen Bauern noch ein Jahr zu helfen. Danach könnten sie sich entscheiden, was sie in Zukunft machen wollten. Er hätte mit einem alten Bauern in Schleswig- Holstein, der Galloway Rinder züchtete, Kontakt aufgenommen. Der würde gern seinen Hof verpachten, da er allein war.

Es wäre nur ein kleiner Hof, aber sie könnten ihn sich ja mal ansehen. Die Kinder würden dann ja fast alle aus dem Haus sein. Es wäre ein Neuanfang. Dann könnten sie den Traktor ja auch mitnehmen. Er schrieb noch, dass man ihm nicht böse sein sollte, jetzt sei er bei Kirsten, ohne sie hätte alles keinen Sinn.

So konnten das Dorf und die Angehörigen nur noch einen Trauergottesdienst abhalten. Seine Eltern brachen zusammen. Sie hatten nicht damit gerechnet, da ihr Sohn einen sehr gefassten, fast heiteren Eindruck bei ihrem Abschied gemacht hatte. Aber er musste den Plan schon länger mit sich herumgetragen haben. Hedi und Eugen setzten alle Wünsche von Horst um. Sie halfen dem neuen Besitzer, wo sie nur konnten. Auch der Hofladen wurde im neuen Jahr wiedereröffnet. Die Frau des neuen Besitzers kam gut bei den Leuten an.

Der Neuanfang

Der Hof des alten Bauern in Schleswig-Hol-
stein stellte sich als wahrer Glücksfall heraus.
Ein Jahr nach dem Tod von Horst war Marens
Familie bereit zur Umsiedlung. Die Familie
war erleichtert, einen neuen Anfang machen
zu können. Die scheelen Blicke und das Getuschel im Dorf hatten bis jetzt nicht aufgehört.
Der älteste Sohn studierte inzwischen. Der
jüngere würde demnächst damit beginnen und
Maren würde am neuen Wohnort aufs Gymnasium gehen.
In den Herbstferien fand wie jedes Jahr der
Feuerwehrball statt. Maren, die in letzter Zeit
auf keinem Fest mehr dabei war, wollte das
Fest zum Anlass nehmen, um sich zu ver-
abschieden. Auf die Frage von ihrer Mutter
Warum, antwortete sie hochnäsig:

„Ich werde hier nicht den Eindruck hinterlassen, dass ich flüchte. Ich gehe mit hoch erhobenem Kopf."

Die Mutter konnte es nicht fassen. Aber Maren hatte sowieso ihren eigenen Kopf und wurde bei der kleinsten Kleinigkeit bockig.

Ludwig hatte sich ebenfalls entschlossen, zum Feuerwehrball zu gehen. Auch wenn er es sich nicht offen eingestand, so hoffte er im Stillen, Maren zu sehen. Wahrscheinlich ein letztes Mal, er wusste sie würden wegziehen. Wie immer hielt er sich abseits. Er war wieder der komplette Außenseiter.

Maren kam wild geschminkt, im sehr kurzen Rock. Sie machte einen betont fröhlichen Eindruck. Ludwig hatte den Verdacht, dass sie leicht betrunken war. Im Laufe des Abends steigerte sich ihr Lachen fast in Hysterie. Ludwig beobachtete sie scharf.

Wie sollte das Ganze enden? Zwei junge Burschen aus dem Nachbardorf sahen ihre Zeit gekommen. Maren tanzte mit ihnen und knutschte mit beiden. Kein Junge aus dem Dorf kümmerte sich um sie oder forderte sie zum Tanzen auf. Keiner ging dazwischen, sie war zu einer Unperson geworden. Ludwig sah mit Schrecken, dass Maren immer betrunkener wurde. Innerlich krümmte er sich, als wenn jemand seine Eingeweide umdrehte. Nach Mitternacht ging das Trio nach draußen.

Ludwig schlich sofort hinterher. Die beiden Jungen tuschelten zusammen. Dann sprachen sie mit Maren, die sich daraufhin bei dem einen aufs Mofa setzte. Dann rauschten sie ab. Sofort fuhr Ludwig mit seinem Fahrrad hinterher. Das konnte nicht gut ausgehen. Ihm schwante Böses. Die gierigen Blicke und das Getatsche der beiden, die wollten Maren nicht nur nach Hause bringen.

Lange musste er nicht fahren. Schon bei der nächsten kleinen Einbuchtung zum Moor sah er die Mofas am Rand liegen. Er hörte Geschrei und Gejammer. Das Gejammer von Maren war leise und sehr undeutlich. Das Geschrei der beiden war dafür umso eindeutiger. „Nun halt doch ihre Arme mal fest. Hör auf mit dem Gejammer. Du hast uns die ganze Zeit angemacht, du Kröte." Dann das Geräusch einer Ohrfeige und wieder Gejammer von Maren.

„Hältst du jetzt endlich mal die Klappe, sonst hau ich dir noch eine rein."
Ludwig umklammerte fest seine Luftpumpe. Er befand sich fast direkt hinter den dreien. Einer kniete auf Marens Beine. Der andere saß hinter ihrem Kopf und hielt ihre Arme fest. Er hielt seinen Kopf über Maren gebeugt und spuckte ihr ins Gesicht. „Du Biest", zischte er sie an. „Du bekommst, was dir zusteht."

Marens T-Shirt war zerrissen und der andere zerrte an ihrem Rock. „Du fette Kuh. Du solltest froh sein. Keiner hat sich um dich gekümmert. Du kannst schreien, so viel du willst, hier hört dich keiner."

„Das glaubst du. Lass sie sofort los oder ich schlage dir den Schädel ein."

Ludwig muss den Eindruck eines feuerspeienden Moorungeheuers gemacht haben. Der am Kopfende ließ Maren sofort los und rannte weg. Der andere wollte so schnell seine Beute nicht frei geben. Er drehte sich wütend mit erhobenen Fäusten um und wollte sich auf Ludwig stürzen. Beim Anblick von Ludwig, mit wutverzerrtem Gesicht und über dem Kopf schwingender Luftpumpe verließ ihn der Mut. Nach kurzer Zeit hörte Ludwig die beiden Mofas weg rasen. Mühsam rollte Maren sich auf die Knie.

„Geh weg. Hau ab, du fettes Schwein", schrie

sie ihn an, nachdem sie Ludwig erkannt hatte.

Da saß Maren nun, auf dem Boden, mit zer-rissener und verschmutzter Kleidung. Rotz und Tränen hatten ihr Make-up zu einer Grimasse verschmiert.

Ludwig musste schlucken. Sie sah so hässlich aus, aber er liebte sie und hätte sie am liebsten in den Arm genommen und getröstet.

„Komm, ich bringe dich nach Hause."

„Nein", schrie sie „ich komme allein zurecht. Ich brauche dich nicht." Maren stand gekrümmt vor ihm. „Oh, mir ist so schlecht." Sie hatte es kaum ausgesprochen, als sie sich erbrach. Ein Brechkrampf schüttelte sie. Ludwigs Schuhe wurden bespritzt. Marens T-Shirt war vollkommen eingesaut.

So konnte sie nicht nach Hause gehen, das war sogar ihr klar. Kleinlaut sagte sie: „Vielleicht könnten wir zu dir gehen. Wir müssen doch sowieso da vorbei. Du könntest mir ein

T-Shirt von dir geben. So dürfen meine Eltern mich nicht sehen. Oder?", setzte sie noch drohend hinzu.

Ludwig nickte. Auch jetzt kann sie ihre Bosheit nicht zügeln, dachte er. Bei Ludwig warf sie ihr T-Shirt gleich in die Mülltonne.

„Warte hier, ich hole dir was von mir."

Ludwig kletterte die Leiter zum Heuboden hoch, wo er inzwischen sich fast ständig aufhielt. Ein T-Shirt war schnell gefunden.

Gerade suchte er nach einer Jeans, die ihr mit einem Gürtel passen könnte, als er Maren die Leiter hochkommen hörte.

„Deine Alte ist stockbesoffen. Sie liegt quer über dem Küchentisch. Willst du nichts unternehmen? Allein kann die nicht mehr ins Bett."

An seine Mutter hatte Ludwig nicht gedacht, als sie auf den Hof kamen. Seine Gedanken waren nur bei Maren gewesen und wie er ihr helfen könnte, einigermaßen ordentlich nach Hause zu kommen.

Maren schaute sich um und meinte: „Nicht schlecht. So etwas hätte ich auch gern. Ich zieh mich eben um und du kümmere dich mal um deine versoffene Mutter. Die hat es nötig. Ich komme dann runter. Los, zisch ab."

Sie konnte es einfach nicht lassen, noch eine Gemeinheit hinterher zuschieben. Seine Mutter lag vollkommen apathisch da und brachte nur mühsames Gebrabbel zustande. Ludwig legte sie auf die Küchenbank und deckte sie zu. Da würde sie ihren Rausch ausschlafen und morgen mit einem dicken Kopf aufwachen. Dann würde sie nach Ludwig schreien und jammern wie, schlecht es ihr ginge, und nur er hätte die Schuld, weil er sie immer allein ließ. Er hörte schon nicht mehr zu, wenn sie herumschrie. Als er sich aufrichtete, sah er, dass aus ihrer

Kittelschürze etwas herausgefallen war.

Eine leere Tablettenschachtel. Sie hatte es also mal wieder getan. Es war nicht das erste Mal, dass sie versuchte, ihn mit einem vorgespielten Selbstmordversuch zu erpressen. Seufzend steckte er die Schachtel ein. Dieses Mal würde er nicht darauf hereinfallen. Schon beim letzten Einsatz hatten ihm die Sanitäter zu verstehen gegeben, dass sie nicht noch einmal kommen würden, wenn seine Mutter wieder rumspielte. Wiederholt wurde festgestellt, dass sie höchstens vier Tabletten genommen hatte, und das wäre niemals tödlich.

„Sie will dich erpressen", hatte ein Sanitäter gesagt und ihm auf die Schulter geklopft.

„Nein", sagte Ludwig zur Küchenbank gewandt: „du erpresst mich nicht mehr."

Maren war leise wie auf Samtpfoten in die Küche geschlichen, er hatte es nicht mitbekommen. Erschreckt fuhr er herum, als er ihre Stimme hörte. Genüsslich sagte sie: „Ich werde dein Geheimnis für mich behalten. Schlechte Menschen haben unsere Hilfe nicht verdient. Du solltest die Tablettenschachtel wegwerfen."

Ludwigs Erklärung wollte sie nicht hören. Im Gegenteil, sie winkte nur ab und sagte: „Ich kann dich verstehen. Jetzt haben wir noch ein Geheimnis zusammen. Ab nächste Woche bin ich für immer weg. Du musst keine Angst haben, ich verplappere mich nicht."

Bedrippelt blieb Ludwig zurück. Dass seine Mutter noch zwei Jahre leben würde, konnte Maren nicht wissen. Sie verließ den Ort in der Meinung, dass Ludwig seine Mutter hatte sterben lassen.

Der Hof in Schleswig- Holstein gefiel Maren überhaupt nicht. Ihre Eltern hatten sich schnell eingelebt. Sogar ihre Brüder fühlten sich wohl und verbrachten ihre Freizeit gern da.

Die Rindviecher hatten es ihnen angetan.

Noch nie hatten sie so zutraulichen Tiere. Die Kraftbündel kamen angetrabt, wenn man sie rief, und mit einem Futtereimer raschelte. Sie brauchten kein zusätzliches Futter, die Weiden gaben genug her. Für sie war die Zufütterung wie Schokolade für Menschen, verbunden mit vielen Streicheleinheiten.

Nur Maren wollte mit den Tieren und dem Hof nichts zu tun haben. Sie meckerte und maulte nur herum. „Alles ist so miefig hier. Ich bin froh, wenn ich hier weg kann."

Das war noch das harmloseste, was sie von sich gab. Manchmal wurde ihre Unzufriedenheit so groß, dass sie einen Rappel bekam und voller Wut Dinge kaputt machte.

Nachdem das ein paar Mal passiert war, gab ihr Vater, ihr eine Axt in die Hand und führte sie zum Hackklotz. Kleinholz wurde immer gebraucht. Wütend hatte sie ihn angestarrt und die Axt hin und her geschwungen. Er hatte zurück gestarrt und mit dem Kopf geschüttelt, als sie die Axt hinlegen wollte.

Missmutig hatte sie sich ans Holzhacken gemacht. Nach einer Stunde war sie erschöpft und verschwitzt, aber konnte auf einen beachtlichen Haufen Feuerholz blicken. Von da an ging Maren von allein, wenn sie wieder eine Unruhe in sich spürte, zum Holzhacken. Das tat ihrer Figur und ihrem Wesen gut. Sie hatte sich unter Kontrolle und wurde wieder die schlanke, gutaussehende Maren. Nach dem Abitur studierte sie England.

„Weit weg von dem ganzen Mief und der Kleingeistigkeit", sagte sie zum Abschied. Dank des Vermächtnisses von Horst konnte sie sich das ohne Probleme leisten. Sie machte ihren Master in BWL und Kommunikation, mit Auszeichnung.

Dass Maren schlau war, hatte nie jemand bezweifelt. Nach ihrem Abschluss reiste sie nach Australien und Neuseeland, um die Welt kennen zu lernen, wie sie sagte. Es kamen nur sehr selten Nachrichten auf den Hof. Sie hatte mit keinem richtigen Kontakt.

Nach drei Jahren im Ausland kehrte sie nach Deutschland zurück, um bei einer Bank in Frankfurt zu arbeiten. Sie war neugierig und offen. Ihr Chef erkannte ihr Potenzial. Er war der Meinung, die hat Biss. Er wollte sie fördern, erklärte er ihr. Eine Kollegin warnte Maren, was dieses Fördern bedeuten würde. Aber Maren war schlau und hielt ihn solange hin, bis sie alles gelernt hatte und einen Trumpf gegen ihn in der Hand hatte. Die Folge war, dass ihr Chef dann in Frührente gehen musste.

Danach hatte Maren es schwer in der Bank. Sie bekam zwar ein klitzekleines eigenes

Büro, aber keine Aufgaben mehr. Sie war eine Aussätzige.

Maren wäre nicht Maren, wenn ihr nicht etwas eingefallen wäre. Sie war jung und schön. Sie war intelligent. Man konnte sich überall mit ihr sehen lassen.

Einem jungen aufstrebenden Bankmanager hatte es gefallen, dass sie den alten „Bock" wie er genannt wurde, hoppgenommen hatte. Bisher hatte sich das keine getraut. Für ihn waren dadurch seine Chancen für den Aufstieg größer geworden. Maren gefiel ihm und das sagte er auch. „Wir wären ein gutes Team, lass uns zusammenarbeiten."

Maren spielte die Spröde und Schüchterne. Das feuerte ihn erst richtig an. Er wollte sie haben. Einladungen und Geschenke wies sie konsequent zurück. Er konnte es nicht fassen. Was war nicht alles über sie geredet worden. Er glaubte das alles nicht mehr. Wahrscheinlich nur Neid und schlechtes Gewissen. Er blieb beharrlich. Nach und nach öffnete ihm Maren ihr Herz. Er dachte, sie liebt mich wirklich. Zwei Monate waren sie unzertrennlich. Maren erfuhr viele Geheimnisse aus der oberen Etage von ihm. Dann opferte sie ihn und erpresste zwei wichtige Manager mit Verantwortung. Sie gab ihnen zu verstehen, wer ihr die Geheimnisse verraten hatte. Das Schweigegeld ließ sie sich auf ein Nummernkonto überweisen. Ihre Sachen hatte sie schon vorher gepackt. Keiner wusste, wo sie geblieben war. Der junge aufstrebende Manager konnte nur noch springen. Dafür suchte er sich den Dachgarten der Bank aus.

Marens Heimkehr.

Mehrere Jahre reiste Maren dann noch in der Welt umher. Nie hatte sie einen Ort der Ruhe gefunden. Immer war ihr nach kurzer Zeit langweilig. Die meisten Menschen empfand sie als dumm und begegnete ihnen hochnäsig. Was alle abschreckte und wodurch sie nirgendwo Freunde fand. Jetzt war sie nach Hamburg gezogen, weit genug weg von ihrem Heimatdorf, dachte sie.

Dann die schreckliche Erkenntnis, dass ausgerechnet Ludwig in derselben Versicherung arbeitete, in der sie Abteilungsleiterin war. In ihren Gedanken hatte er immer auf dem stinkigen kleinen Hof gelebt. Sie wollte auf keinen Fall, dass jemand erfuhr, dass sie und Ludwig aus dem gleichen Dorf kamen und sich kannten. Sie würde sich von ihm nicht an ihrer Karriere hindern lassen. Er musste weg. Gut, dass er dieses Treffen hier mit ihr wollte. Egal, welche Vorschläge er ihr machen würde, sie würde sich auf nichts einlassen.

Maren war schon eine Stunde früher am Treffpunkt. Sie saß auf der Bank, die der Bauer an der Stelle aufgestellt hatte, wo Kirsten ins Moor gegangen war. Sie ließ sich alles noch einmal durch den Kopf gehen, um keinen Fehler zu machen. Wenn sie nur daran dachte, wie ihre Kindheit verlaufen war und was er davon alles wusste, begann die Wut in ihr zu gären. Dieser dicke, trottelige Dorfdepp wird mich nicht aufhalten. Ich will nach oben und nicht auf einem alten maroden Hof enden. Er ist nur ein fetter, stinkiger Bauernlümmel. Ich habe Biss, das hatte der ältliche Bänker damals schon ganz richtig erkannt.

Maren steigerte sich immer mehr in ihren

Hass rein. In ihrem Inneren kochte Wut, die sie nur schwer unterdrücken konnte. Ich werde ihn zerquetschen! Ausradieren! Keiner braucht ihn. Ich habe seine Angst beim letzten Treffen gerochen. Wenn jemand Angst hat, ist er unberechenbar. Aber er wird mir nichts tun, ich weiß, er liebt mich. Ich will, dass er vor mir zittert, dieser Niemand!

Vielleicht geht er ja auch freiwillig ins Moor, so wie Kirsten. Da war es ganz einfach, nur ein paar Sätze der Wahrheit und sie drehte durch. „Ich bin nicht deine Tochter Christina. Die ist tot. Tot! Tot, tot", habe ich sie angeschrien. „Und das ist die Wahrheit und nichts als die Wahrheit. Ich bin Hedis Tochter Maren."

Aber das hatte sie nicht hören wollen. Ich musste sie nur noch etwas anstupsen und schwupp war sie im Moor. Für Ludwig habe ich vorsichtshalber meine Gaspistole dabei. Ich darf ihm meine wahren Gefühle nicht zeigen. Ich muss lächeln und so tun, als wenn ich mich freue, ihn zu sehen. Er soll sich in Sicherheit fühlen. Ich werde ihm erst Mal schmeicheln, das mögen sie alle.

Also, Maren, mache ein freudiges Gesicht, zeige Reue. Das war so typisch für Ludwig, dachte Maren, diesen Ort auszusuchen und das zum Zeitpunkt des Feuerwehrballs. Keiner würde dann ins Moor kommen. Sogar die Verliebten suchten sich dann andere Gelegenheiten. Sie wären also völlig ungestört. Gut für mich, mein lieber Ludwig, es gibt keine Lauscher. Ah, das kommt er mit dem Fahrrad. Oh je, wie er sich bewegt. Er ist immer noch fett.

Ludwig sah Maren schon von Weitem. Ein leichter Wind wirbelte ihr blondes Haare durcheinander. Wie schön sie ist, dachte er. Ich liebe und verehre sie. Vielleicht freut sie sich ja, mich zu sehen.

Gut, dass wir uns endlich aussprechen können. Jetzt, wo wir erwachsen sind. Er wollte positiv denken. Er hatte sich extra eine neue Jeans und ein neues Hemd gekauft. Er fühlte sich viel leichter als sonst, als er sich im Spiegel sah. Ach, wäre ich doch früher losgefahren. Denn eigentlich wollte ich ja auf sie warten. Ich hatte mir alles so schön ausgemalt. Mit meinem Wechsel nach Bremen und mit dem Schwur werde ich erst etwas später anfangen. Zuerst frage ich sie, wie ihr Leben verlaufen ist. Ich kann mir gut vorstellen, dass sie viel erlebt hat. Sie wollte ja schon immer die weite Welt sehen. Aber erst einmal muss ich zur Ruhe kommen, sonst sitze ich total verschwitzt neben ihr. Nur Mut, Ludwig, du kannst dass, redete er sich zu.

Schnaufend stieg Ludwig ab und schob sein Fahrrad. Das gab ihm Zeit, dass sich sein Atem beruhigte und er genug Luft hatte, um ruhig mit ihr zu sprechen. Ich werde ihr meine Liebe und Loyalität erklären. Dass meine Gedanken nur um sie kreisen. Immer schon. Und ich ihr Beschützer sein möchte. Alles das muss sie von mir hören, damit sie sich sicher fühlt. Ohne ein Wort ließ Ludwig sich auf der Bank nieder.

Maren lächelte ihn an.

Ludwig räusperte sich, aber kein Ton kam über seine Lippen. In seinem Kopf war nur Leere. Dann endlich ein Satz, eine Frage: *„Hast du oft an Kirsten gedacht?"*
Um Gottes Willen, was habe ich mir denn dabei gedacht. Das wollte ich doch überhaupt nicht sagen. Nein, nein, Ludwig nun streng dein Gehirn mal an.
Er sah, wie sich Marens Gesicht verfärbte. Er meinte, Hass in ihren Augen zu sehen. Hektisch sprang sie auf und lief auf das Moor zu. Ludwig hinterher: „Nein, Maren so war es

doch nicht gemeint. Bitte bleib stehen. Ich will dir doch nichts tun."

Abgewandt blieb sie stehen. Sie hielt ihre Hände vor das Gesicht. „Warum quälst du mich so? Es war ein Unglück. Das weißt du doch genau. Ich wollte das nicht. Aber du solltest mich doch verstehen." Es hört sich wie Schluchzen an.

Ludwig stand bedrippelt bei ihr. „Bitte, Maren. Es tut mir leid. Ich wollte dich nicht quälen. Ich habe mich sehr gefreut, dass du meine Chefin bist. Aber ich werde mich nach Bremen versetzen lassen. Ich glaube, wenn wir uns nicht immer sehen müssen, können wir auch befreundet bleiben. Und das ewige Pendeln gefällt mir nicht mehr. Wir sollten unseren Schwur erneuern, damit du dich ganz sicher fühlen kannst. Ich werde dich nie verraten. Nicht ein Wort kommt von mir.
Ich möchte immer für dich da sein."

Empört dreht Maren sich zu ihm: „Und was du getan hast, hast du wohl vergessen? Lässt einfach deine Mutter sterben! Findest du das in Ordnung? Ich habe nie mit jemanden darüber gesprochen. Ich brauche also deinen Schwur und deine Hilfe nicht. Das mit Kirsten werde ich abstreiten. Das kann keiner beweisen. Dir werde ich Neid, Böswilligkeit und Lügen unterstellen. Du kannst nur nicht damit umgehen, dass ich deine Chefin bin. Die kleine Maren. Aber die hat dich in der Hand, weil sie das mit deiner Mutter weiß."

Ludwig stand fassungslos da. Sie hatte sich kein bisschen geändert. Sie war damals schon böse und heute noch mehr. Er hatte es nur nicht wahrhaben wollen.

Maren hatte sich zu ihm gedreht. Er sah ihr hasserfülltes Gesicht.
Von Tränen keine Spur. Sie kam jetzt auf ihn zu, so dass er mit dem Rücken zum Moor

stand. Mit ihren Turnschuhen musste sie sich recken, um ihn unter dem rechten Schlüsselbein mit ihrem spitzen Fingernagel zu stechen. Nur mit High Heels war sie mit ihm auf gleicher Höhe. Aber sie konnte sich nicht beherrschen. Mit wutverzerrtem Gesicht stach sie immer wieder auf dieselbe Stelle.

„Du fettes Schwein, willst, dass wir uns ewiges Schweigen und Liebe schwören, das möchtest Du wohl. Du kannst dich freuen, wenn ich dich nicht anzeige."

Da endlich fand Ludwig seine Sprache wieder.

„Du täuscht dich, Maren, meine Mutter hat noch zwei Jahre gelebt. Allerdings bei Kirsten, da war es Mord. Ich habe genau gesehen, wie du sie ins Moor getrieben hast, aber du warst noch ein Kind. Sie hätten dich nicht eingesperrt. Das haben wir beide dann schon selbst getan, mit unserer Fresssucht. Du musst keine Angst haben, ich werde nie ein Wort darüber verlieren. Dein Ruf wird tadellos bleiben."

Mit weit aufgerissenen Augen hatte Maren ihm zugehört. Ihr Stechen und Stupsen hatte sie bei seinen Worten nicht unterbrochen. Ihr wurde klar, sie hatte kein Druckmittel mehr gegenüber Ludwig. Jetzt musste sie handeln. Er musste verschwinden. Nur weg, keiner sollte ihn finden. Für immer weg. Langsam zog sie ihre Pistole raus.

„Los", kreischte sie, „ab mit dir ins Moor. Ich will, dass du freiwillig gehst. Wenn nicht, schieße ich dir ins Bein. Kannst du gut Schmerzen ertragen? Ich habe gehört, es sollen höllische Schmerzen sein."

Sie stieß und schubste ihn mit der Waffe.

Ludwig schaute sie bestürzt an, innerlich völlig erschüttert und todtraurig. Dann drehte er sich um und ging langsam ins Moor. Er wollte sie nicht mehr sehen.

Maren, war ein Ungeheuer, aber er liebte sie, trotz allem. Sein eigenes Schicksal war nicht wichtig. Sein Leben hatte immer nur am Rande stattgefunden. In seinen Gedanken war immer nur Maren. Sie würde ganz nach oben gelangen, davon war er überzeugt. Als er schon bis zur Brust im Moor versunken war, drehte er sich mühsam um und guckte Maren an: „Ich liebe dich", sagte er mit einem Lächeln auf den Lippen.

Maren schaute ungerührt zu ihm. Sie war fasziniert davon, was sie alles erreichen konnte. Sie war die starke Maren. Alle muss-ten nach ihrer Pfeife tanzen. Wehe, wenn einer versuchte, sich mit ihr anzulegen. Ich habe die Macht, triumphierte sie. Von Schuld-gefühlen keine Spur, eher Zufriedenheit. Nachdem Ludwig im Moor verschwunden war, nahm sie sein Fahrrad und schob es hundert Meter weiter, zum tieferen Moorsee.

Hier würde es niemand finden. Es würde keine Spur bleiben. Hoch hob sie das Fahrrad über ihren Kopf, um es mit großem Schwung in den See zu werfen. Der Schwung war stark genug, um das Fahrrad weit in den See zu katapultieren. Aber das Moor wollte es anders. Es wollte auch Maren. Ihr Jacken-ärmel hatte sich in den Speichen verfangen und das Fahrrad riss Maren mit Macht, in den See. Sie konnte sich nicht befreien. Niemand hörte ihre Schreie. Beim Feuerwehr-ball geht keiner ins Moor. Am nächsten Tag wurde auf dem Parkplatz ein verlassener Leihwagen gefunden. Es stellte sich raus, dass er von einer Maren Möller gemietet war. Nur die Alten erinnerten sich an Maren.

Maren die Hexe.

Zur Autorin

Rena Brauné wohnt in Norderstedt und hat bisher drei Bücher veröffentlicht und mehrere Kurzgeschichten in Zeitschriften.

Sie ist fasziniert von Menschen und von dem, was sie antreibt. Sie hat den Blick für das Besondere, das in jeden Menschen steckt. Ihre Leidenschaft für das Sammeln von Geschichten und das Schreiben entdeckte sie in Portugal, wo sie mit ihrem Mann 16 Jahre in einem abgelegenen Tal lebte.

Sie selbst sagt: „Ich bin glücklich, dass ich die Gabe habe mit meinen Büchern Menschen Freude zu bereiten."

Weitere Bücher von Rena Brauné

Rena Brauné: Zuviel ist tödlich. -
Kadera-Verlag,
2018.- 188 s. - € 9,99
ISBN 978-3-944459-78-3

Zwölf Geschichten von der Schattenseite. Moment mal: Die Welt ist doch voller Liebe und Herzlichkeit? Ja, aber das Böse lauert überall. Ob das Gute immer siegt? Das ist manchmal eine Frage des Standpunkts, gerade wenn es um die Auflösung von Beziehungen geht. Ein einziger Tropfen und Fass läuft über. Ein Wort zu viel – und der Mensch dreht durch. Einmal zu viel gelacht... Pass auf dich auf!

Rena Brauné: Das Gesetz der Familie.
Kadera-VerIag,
2019.- 248 s. - € 14,00
- ISBN 978-3- 948218-02-7

Vier Geschichten von Familien, die gemeinsam stark sind, die Zukunft gestalten, für einander da sind, einen Schicksalsschlag überwinden und sich von Unerträglichem befreien. Und sollte sich ein ‚Fremdkörper' einschleichen, so wird man ihn gemeinsam entfernen. Oft stellt sich die Frage: Wie hätte ich mich in dieser Situation verhalten?

Ein Krimi, der auch ein Roman über eine Familie ist. **„Ein gefährlicher Freund"**

Der Schriftsteller und seine bizarre Familie werden von einem sogenannten Freund mit Tod und Vernichtung bedroht. Was wird der Autor auf sich nehmen, um sich und seine Familie zu retten?

Leseprobe aus

„Gefährliche Lebenslügen"

Normalerweise sollte das Buch „Gefährliche Lebenslügen" im Oktober 2020 erscheinen, aber mir persönlich ist das Buch **„Schatten der Vergangenheit"**sehr wichtig. Deswegen habe ich mich entschieden, das Buch „Gefährliche Lebenslügen" erst im Frühjahr 2021 zu veröffentlichen. Hier eine kleine Kostprobe. Es sind fünf Geschichten, die uns zeigen, wo unsere Grenzen sind.

„Der erste August"

Im Dorf herrscht eine unheimliche, gespannte Stille. Es ist der erste August. Der Tag, der von der Dorfgemeinschaft zum absoluten Horrortag erklärt war. Vor fünfzehn Jahren geschah eine schreckliche Untat. Keiner mag laut darüber sprechen. An diesem Tag versuchen die Bewohner des Dorfes, still und zurückgezogen zu bleiben. Wer kann, arbeitet nicht oder sucht sich etwas Ungefährliches aus. Geht jeden Streit aus dem Weg und wartet darauf, dass der Tag zu Ende geht.

Eine hohe Leiter ersteigen oder mit dem Trecker auf das Feld zu fahren, würde in diesem Dorf am ersten August keinem einfallen. Die Straßen sind wie ausgestorben. Jeder sucht sich einen Schattenplatz bei dieser Hitze. Vom Westen ziehen schwarze Gewitterwolken auf. In der Ferne hört man Donnergrollen. Genau wie vor fünfzehn Jahren. Alle warten auf den Regen und das Ende des Tages.

Das Dorfleben hat sich seither stark verändert. Ein Außenstehender würde es nicht merken. Aber es haben sich still und heimlich Zweifel und Misstrauen eingeschlichen. Hinter vorgehaltener Hand flüstert die Gruppe der *Allwissenden* sich zu: „Wir haben schon immer vermutet, dass es in dem Haus mal ein schreckliches Unglück geben wird."

Das Grundstück mit dem Haus war ihnen seit Jahren unheimlich. Sie benutzten Worte wie: *Gottes Strafe und Gotteslästerung.* Alle möglichen Spekulationen wurden angestellt.

Fortsetzung im Buch

„Gefährliche Lebenslügen"